U0028912

目錄

第一章　樓頂的雨，墜樓的她

這是虛假的愛情故事。序章的標題如此寫道。

經歷一連串的風波，原先以假情侶暫居的男女主角，恢復為互道姓氏的普通關係。

兩人雖然在過程中漸漸產生情愫，但事件被解決了之後，已經沒有再繼續假扮情侶的理由。

這是真實的愛情故事。末章的結尾如此呼應。

原先無法命名的情感，在分別的那一刻有了名字。縱使他們不再扮演假情侶，內心懷抱的情感卻不再虛偽。

這樣的他們，各自期待有朝一日，心中的情感可以找到歸宿。

故事最後，兩人卻沒有得償所願在一起，而是各自選擇了伴侶度過餘生——

我翻過小說最後一頁，滿足地呼出一口氣。將後腦杓倚靠在教室的椅背上，靜靜仰望昏暗的天花板。

真是美好的故事。讀了一部好作品。作者的文筆順暢、隱喻自然，劇情前後呼應，埋下的伏筆也都有一一回收，不愧是在圖書館借閱排行榜上有名的暢銷作。能借到這本書真是幸運。

可惜不會有這麼美好的事情。

在這個世界上，如此曖昧不明的關係不會存在，有就是有，沒有就是沒有。沒有辦法做出明確回應的心意，到頭來肯定只會失去。

所謂的曾經擁有之所以如此珍貴，正是因為一旦失去便無法挽回，哪怕它那麼切實存在過。

對於這篇故事，這才是我真正的感想。

順帶一提，結尾是我替還未完結的故事擅自加註的。

——轟隆。

正當我思考著閱讀感想時，天邊轟然一響，只見窗外的天空被一整片無邊際的烏雲籠罩。瞥向時鐘，已經放學過去將近一個半小時。

冷風從窗沿滲了進來，想起今早出門前看的氣象與忘記帶傘的自己，我一拉毛衣袖口，收起書包準備離開。

咚、咚、磅咚……啪！滋、滋、啪滋、嘎嘰——

一轉開門把，數不勝數的雜音瞬間湧入寧靜的室內，使我腳步一怔。排球撞擊的回音、喇叭放出的流行音樂、鞋底刺耳的摩擦聲、音樂教室流瀉的琴音，富有元氣的吆喝聲。

與我絲毫不相干的聲音，有如花生醬濃厚的青春氣息，不斷轟炸我的腦袋，讓我的腳步往反方向離去。

抵達一樓，雜音依舊在校園迴盪著，我與數名參加社團活動的同學擦肩而過，穿過走廊並繞過兩個轉角後，聲音才終於逐漸遠去。

我不經意佇足，望向一旁獨特的校內造景，稱作西式庭園。

高至膝蓋的樹叢，在冬天略顯單調的枝枒，矗立的巨石，乾癟的泥土。

這是學校為了增添綠意特意打造的景觀，參照西洋風格建成，位於第二與第三教學大樓之間，橘紅色磚瓦四面圍繞，儼然是一座小型的私人花園。

地磚鋪成的小徑在其中蜿蜒，石椅與動物雕像靜靜臥躺。周圍的樹木成長至三、四層樓的高度，幾乎與教室外的看臺平行。

再往上可以看見標有圖書館字樣的外牆、六樓的K書中心，以及頂樓的人影。

嗯嗯？

我搖了搖頭，重新望向靠近天空的位置。

不是眼花。位於頂樓的建築物邊緣，確實站著某道人影。

是一個女生。

儘管因距離而視線不佳，我仍看見了她身上的鵝黃色襯衫以及淡墨綠色的短裙，一頭長髮隨風飄逸。

是我們學校的制服。換言之，和我一樣是新崇高中的學生。

她為什麼在那裡？

我瞇細眼睛，想要瞧得更清楚。

在朦朧的天色之下，我依稀看見一抹上揚的弧度——

她在笑？

「————」

身體幾乎是第一時間動了起來。

我跨開步伐，直奔校門口的方向，目的地不是學務處或警衛室，而是位於中庭的樓梯口。

一鼓作氣奔上六樓，不知多久沒有劇烈運動的身體，氣喘吁吁地抱怨痠痛。

平常應該是鎖著的鐵門，此時不知為何卻微微敞開。顧不得這麼多，我以全力奔上最後一格階梯，遼闊的天空映入眼簾。

「哈啊……哈啊……」

強勁的風拂亂瀏海，我喘著粗氣四處張望，在一片平坦的水泥地找尋方才看見的身影。

——幾乎是同一時刻，一道黑影竄過眼角。

我一驚，迅速轉過頭去，只見一束飛舞的髮絲——自上而下，消失於樓頂邊緣。

「——！」

僅僅是一瞬間發生的事。

身體的行動能力彷彿遭到剝奪，喉間發不出聲音，僅有空白的思緒繞轉。

飛舞的髮絲——我甚至無從確認自己是否看錯，但無疑屬於少女的一部分，就這樣從我的眼前墜落，像冬天裡的白煙消失無蹤。

我左看右看，空曠的頂樓不見其他人影。

縱然身體以發抖否定，但依據現狀，理智明確地向大腦傳遞一則訊息。一個毫無疑問的事實。

有人自殺了。

只能如此判斷。

那名站在頂樓的少女，從我眼前選擇輕生，而我沒有救下她。

她為什麼要這麼做？這個疑問率先浮現腦海。

我該怎麼做？緊接而來的第二道問題使我產生動搖——然而平常只會在新聞上演的事件活生生發生在自己面前，懸空的不真實感使我暈眩，根本無法繼續思考。

所能做的只有杵在原地發愣，任由時間流逝。

……咚。

……咚咚……咚咚…………

奇怪，有那裡不對勁。

明明自己的心跳聲這麼清楚，樓下卻沒有傳來任何聲音。

撞擊的聲響、尖叫、群眾聚集的喧譁，通通沒有出現。

怎麼回事？

疑惑讓大腿逐漸恢復知覺，艱難地向前邁開腳步，走向方才少女站立的位置。

忍著恐懼向下一望，所見只有整齊的西式庭園和開展的樹冠，以及像是要切割花圃的方正道路。上頭乾乾淨淨，什麼也沒有，什麼也沒看到。

景致一如往常，沒有任何不對勁的地方。

唯一的不對勁，就是沒有她。

這是怎麼回事……沒聽到聲音，也不見人影，難不成是幻覺？不，我絕對有看到，我剛才明明——

「——在找誰嗎？」

某道輕盈的嗓音從背後傳來。

「……！」

我猛地回頭，見一名少女站在我前方約三公尺處。

一頭及腰的長髮，髮色是帶有淺灰色的星空紫。五官標致，一對深邃的琉璃色眼眸盯著我，嘴角掛著好看的弧度。

裸露在衣服之外的肌膚白如雪，讓人不禁聯想到電影裡的吸血鬼，卻與她的穿著格格不入。

鵝黃色襯衫，淺墨綠色的短裙與過膝黑長襪，搭配一雙深色樂福鞋。毫無疑問的標準校服搭配。

就算不開口，我也能確信她就是剛才頂樓的那名少女。

但正因為這股確信，使我再度陷入混亂之中。

「怎麼不說話？」面對我的沉默，少女再度發聲。眼皮輕巧一眨，眼波蕩漾，怎麼看都是一個活生生的人。

我重新振作，深呼吸一口氣，對上她的視線謹慎發聲。

「那個，請問……」我在腦海中斷斷續續組織語句，將唯一想到的可能性說了出口。

「妳是會飛嗎？」

少女面露微笑，不發一語。正當我以為可能是她沒聽清楚，打算再說一次時——

「噗。」少女噗哧一笑。

柔軟的身體顫動，少女雙手抱腹，整個人彎下腰去，彷彿在努力不要讓某種東西炸開。看似不斷抽笑，卻沒有笑出聲來。

「妳可以不用憋著沒關係。」看起來怪辛苦的。

「……抱、抱歉。」少女吐著氣音抬起頭來，擦了擦眼角的淚。「一般來說，不會這樣問的吧？」

「那該怎麼問？」

「嗯……妳剛剛在玩高空彈跳？」

「這問法更離譜吧。」

「說得也是。」藉由對話讓自己停止笑意，少女深呼吸一口氣，恢復正常的神情。

「抱歉，讓你看到這種場面。」

「哈……嗯。」

「嚇到了？」

「……與其說是嚇到，不如說有點混亂。」

「沒關係，那我等你。」

少女的態度坦然，坦然到有股非現實感。

明明從對話來看，她並沒有否認自己「墜樓」的事實，為何是這種反應？惡作劇……？不，這裡一片平坦，根本沒有能藏身的地方，而且誰會無聊到放學後故意埋伏在頂樓嚇人，吃飽太閒。

總感覺，我遭遇了某種無法解釋的事態。

於是我使勁捏了下大腿，嘗試清醒過來，卻發現痛覺一切正常。剛剛捏太大力了。

「呵呵，這是現實哦。」看出我的困惑，她回以輕笑。

「……這是怎樣。」比起發問，更像在喃喃自語，想藉由自問自答找出合理性。

「嗯～～」見我無法接受的模樣，少女手抵下巴，像是在思索什麼。「要不然，我再示範一次？」

「什麼？」還沒意會過來，少女已經轉身朝頂樓邊緣邁步。

眼看她一下子就走到邊緣，身體率先大腦做出反應，向前俯衝抓住她的手。

「——妳開什麼玩笑!?」

少女一震，停了下來，我隨之喘了口氣。即便如此，我仍不敢放開手，嘗試把她拉回來。

然而，不對勁的事發生了。

「什——」

原以為她之所以停下腳步，是因為我及時拉住了她，或是叫喚產生了作用。可是當我低頭……不，在還沒做出這個動作前，異狀就已經出現。

直到我用肉眼捕捉到畫面，才證實心中的異樣感。

我其實沒有抓住她。

正確的說法是，我根本沒有碰到她，或者說碰不到。

——我的手穿了過去。

這並非比喻，而是如字面所述，我的手——穿過了她的手。

不論手指或是掌心，都沒有接觸到物體的實感。如同觸碰某道立體影像，我的指尖穿進她的手腕內側——陷進她白皙的皮膚之中。

「哎呀，穿幫了。」

琉璃色的雙眸映照出我的詫異及困惑，她淺淺微笑，以平淡的語氣開口：「我沒有開玩笑喔，因為呀……」

天空一道閃光乍現，發出震耳欲聾的雷鳴。

「——我早就已經死了。」

降下的滂沱大雨吞沒了我們的身影。

「喏，乾淨的。」

我們來到頂樓的樓梯間，關上門以免著涼。身體溼了大半，我坐在階梯上，拿出書包裡的手帕遞給了她。

「你不用嗎？」

「感覺妳比較需要。」我刻意不直視她，她像是了然於心般笑了笑，道謝後接過手帕，開始擦拭自己的頭髮。

我盯著腳邊的地板，方才被大雨沖散的真實感逐漸拼湊回來。

——我早就已經死了。

剛才那句話，再度鮮明地浮現腦海。

儘管難以置信，但根據她的自白，以及發生的這一切，使我不得不相信某個事實。

我撞鬼了。

眼前的少女並非正常人，或者說……人類。

原本以為這種事與自己無緣，沒想到初體驗是在自家高中的屋頂上。從小沒有任何靈異體質的我，為何會遭遇這種事？

這麼說來，我明明碰不到她，她現在卻拿著我的手帕擦頭髮，身體跟衣服也被雨水打溼。難道說活人無法觸碰她，與物體卻可以正常接觸嗎？

「怎麼了？」察覺我的視線，少女抬頭問道，我搖了搖頭，趕緊又將目光移開。

原本想到教室拿備用的毛巾給她，但這種狀態下要是被撞見會相當不妙——從各種意義上來說，最後還是決定留在這裡。

布料與肌膚的摩擦聲不斷響起，由於樓梯間空間狹小，聲音清晰可聞，讓我有些無所適從。

「吶，可以問你一個問題嗎？」

「怎麼了？」

「手帕上是你的味道嗎？」

「……妳不要亂聞。」

「有股淡淡的木質香耶。」

「那是我家肥皂的味道。」

「也就是說，這是你身上的味道嘍。」她作勢聞了一下。

我被嚇得後退一步，她笑嘻嘻地縮回身子，像在表示惡作劇得逞，令我無言以對。

「……哈啾！」接著她打了一個噴嚏。

身體被雨水淋溼，頂樓風又大，果然還是會著涼吧。這麼說來，幽靈也會感冒嗎？

看著她些微發抖的樣子，我脫下自己身上稍微被打溼、作為保暖衣物還算堪用的毛衣給她。

「不介意的話就披著吧。」

「……謝謝。」她安靜地接過毛衣並道謝，雙手拉緊毛衣兩側，雨水從她暗紫色的髮尾滴了下來。

怎麼看都像普通的女高中生。

「你人真好。」

她靠在後方的牆壁上，面露柔和的表情看著我。

「沒什麼，正常人都會這樣做吧。」

「那可不見得。」

「是嗎？」

「而且正常人遇到這種事，都會嚇得屁滾尿流吧？」她微微歪了頭。「你難道不害怕嗎？」

「害怕……」我回想起剛剛自己的反應，才發現一件事。

驚訝、錯愕、不知所措，甚至是些微的怒意。但從剛才感受到的情感裡，唯獨沒有害怕的情緒。

照理來說生平第一次撞鬼，應該要嚇得魂飛魄散才對。是因為跳樓這個舉動太不尋常，還是仍處在無法觸碰到她的訝異中？

我想都不是吧。雖然是無憑無據的理由，但我想可能只是單純認為……

「妳的表情很像人吧。」

如果是會害人的鬼魂的話，肯定不會露出那樣的表情。隱藏在微笑之下，悠然又淡漠的神色。

「這樣啊。」一句簡單的回覆，她像是輕易接受了我的答案，沒有再追問。

「既然如此，就和你說吧。」

「咦？」

「我呢，在尋找能夠恢復心跳的辦法。」

意料之外的一句話，就這麼從少女口中說了出來。

「恢……復心跳？」

她點了點頭。「你應該知道，人一旦失去心跳，便等同於死去。」

「啊……嗯。」

以前曾在書上看過，雖然也有透過大腦是否停止活動，或是意識的存在與否來判斷人是否死亡，不同的學說領域也有各自的見解，但一般來說判斷死亡最簡單也快速的方法，就是心跳。

畢竟從生理角度來看，一旦心臟停止跳動，便無法藉由輸送血液來獲得氧氣。

「人們所做的任何事，都是建立在自己擁有心跳之上。」她將手輕輕撫上胸口。「沒有心跳，人們無法呼吸；沒有心跳，人們不能跳舞；沒有心跳，人們無法愛上他人；沒有心跳，人們無法獲得幸福。」

「……」

「心跳是人存在的證明，你不這麼認為嗎？」她說了一長串之後，忽然將目光朝向我。

「……嗯。」我點頭。我不太明白她跟我說這些的用意是什麼。

「你不好奇一件事嗎？」而像是從我的表情讀出疑惑，少女如此說道：「我之所以能在這裡的理由。」

「妳不是幽靈嗎？」

「幽靈會沒事現身嗎？」

她緩了一口氣，靜靜說道。

「因為我存在。」

「……什麼？」

「我剛剛說了，心跳是人存在的證明，而我之所以在這裡，也就代表……」

「妳該不會是想說……」我搖了搖頭。「不不，妳在開玩笑吧，幽靈怎麼可能會有心跳？」

「在今天以前，你也不相信自己能夠看到幽靈吧？」

雖然我想反駁，但她說的是事實。

「不信的話，你聽。」她不由分說靠了過來，將手扶在我耳後的牆上，身體採跪姿，胸口朝我貼近。

「……！」

隆起的鈕扣映入眼簾，從這個角度能依稀看見領口下的陰影，和沒有擦乾的水痕。

分不清是錯覺，還是真的有股淡淡的花香味飄進鼻腔，大腦受到某股柔軟的麻痺，一瞬間動彈不得。

緊接而來的，是一道細微聲響。

……咚。

「——」我不自覺倒抽一口氣。

……咚……咚、咚………咚、咚………

微弱的心跳聲。

極其微弱的心跳聲。以相當緩慢的頻率跳動著，好似隨時會消失。

距離耳朵僅僅不到一公分，或者說根本要貼在一起，心音清晰可聞。我詫異地睜大雙眼，將這理應不可能聽見的生命之音輸入腦海。

「這……」

從我的回答確認反應，少女拉開上半身，於我身旁席地而坐。

「這樣可以理解了嗎？」

「妳……」想說話，卻什麼也說不出口。

她微微歪頭，垂下眉毛苦笑道：「嗯～就是這麼回事呢。」

少女將視線從我身上移開，面向前方的牆壁。因缺少光線的照耀，呈現一片灰黑色。

「我呢，其實才剛醒來沒多久。」

接著她開始述說來歷。

「或者該說恢復意識嗎？大約十七個小時前？我從睡夢中醒來，發現自己躺在這所高中的草皮上。」

換算一下，那時候大約是凌晨。

「當我醒來時周圍沒有任何人，也不曉得自己在哪裡，能看見的只有頭頂的夜空，還有無人的校舍和體育館。」

從她描述的位置判斷，應該是位於第三教學大樓外側的草皮上。那座草皮與三年級的教室相望，向外五十公尺是這所學校的體育館。當時是深夜，當然沒有人。

「我醒來之後，發現自己想不起任何事。」

「妳說想不起來……」

少女微微頷首，繼續說道。

「我不曉得自己為何在這、自己是誰，這裡是什麼地方，我又是因為什麼原因出現……我遺忘所有跟自己有關的事情，所有的一切都讓我感到陌生。」

她的聲音很平靜，語氣卻不如剛才那樣有生氣。

「我唯一記得的事情，就是自己死了這件事。不……或者該說，有人這麼暗示我。」

「暗示……誰？」

她回過頭來，與我眼神相對，而後從她嘴裡吐出了一個既熟悉又陌生的字眼。

「──神。」

我訝然地睜大雙眼，她則接續說道：「『祂』透過意識和我對話。」

「祂說了什麼？」

「──『尋回心跳，妳便能死而復生。』祂這麼對我說。」

「尋回心跳就……等等，妳說什麼!?」至今最令人意外的一句話，使我不禁高喊出聲。

「我現在也只能相信這個了。」她只是微微一笑，沒有多做解釋。「而且，我不覺得那是騙人的。」

「……為什麼？」

不光是以幽靈的身分站在這裡，甚至提及了關於「神」與「生死」，這些令人一時難以相信的話，她卻像是看淡一切地接受。

「你剛剛不是才聽見嗎？」她笑著回應。

心跳……人存在的證明。

「原先我也半信半疑，懷疑是不是那道聲音在騙我，又或是我自己的幻覺在作祟。但當我發現腳下沒有影子，在鏡子裡看不見自己時，我才終於確信──啊，我真的死了。」

「……」

「那之後，我就在這所學校徘徊，也不敢走出校外。你們上課時就躲起來，思考著該怎麼辦，到了現在。」

我從話語裡感受到一絲違和感，接著想到某種荒謬的關聯性。

「等等，也就是說妳之所以站在頂樓，還自己跳了下去，該不會是因為……」

「你終於發現啦？」她莞爾一笑。

「是為了看看能不能藉由從高處墜落，因為過度緊張恢復心跳。」

「…………」這是什麼跳脫常理的詭異實驗。

「結果是？」

她默默地搖了搖頭。「當下的確是感到一瞬的緊張與興奮，但卻只是像羽毛一樣輕輕墜地，心跳也沒有變快的徵兆。」

是因為人家說靈魂只有二十一克嗎？不對。

「既然妳真的跳了下去，又是怎麼出現在我背後的……飄浮？瞬間移動？」我參照電影情節提出疑問。

「你在說什麼呀？」她以像是看待傻瓜的語氣道：「你以為幽靈是什麼方便的存在。」

「欸？」

「我是搭電梯上來的。」

「……」

「搭到五樓，再走到這裡，從你背後出現，這不是很正常嗎？」

我居然被幽靈教導常理。不過她說得沒錯，中庭設有電梯，只是平常只供師長搭乘。我怎麼就沒想到，害自己喘得半死。

「唉……」我不自覺嘆了口氣。「總覺得好疲累……」

接連發生跳脫現實的事讓我的心神消耗殆盡。就目前掌握的資訊，已經可以大致推斷究竟發生了什麼事。

簡單來說，我遇到一個熱衷於追求心臟病的女鬼。

在凌晨半夜出現在這所高中，醒來後發現自己喪失生前的記憶。之所以會出現，似乎與她提到的「神」有關，照她的說法，恢復心跳便能死而復生。

人家都說現實比虛擬還要離奇，看來有幾分可信度。話雖如此，她給人的印象和感覺，又和那些故事裡描繪的鬼怪形象不太一樣。

她看起來就只是個普通的女高中生。活生生的女高中生。從外貌和談吐推斷，年齡大概和我差不多吧？說到這個……

我指著她的腰部附近。「妳為什麼穿著我們學校的制服？」

一開始以為她是我們學校的學生，所以沒有起疑，但換作現在，這件事就顯得有蹊蹺。在她開口回答之前……

叩、叩、叩——

樓梯入口附近忽然傳來鞋跟敲擊地面的聲響。由於注意力都放在眼前這名少女身上，沒有提早察覺，等到回過神來時，我已經與站在入口處的教官對上眼。

「在那裡偷偷摸摸的做什麼！」

髮量稀疏的教官，頂著威嚴的面孔大聲質問。

「報告，沒有。」

教官走上階梯，來到我面前，伸長脖子往裡頭探去。

「……你剛剛在跟誰說話？」

我一轉頭，發現身後空無一人。

內心儘管震驚，但度過眼前危機要緊，我故作鎮定地回答：「報告教官，我在練習明天的英文考試。」

教官接著看向略為敞開的頂樓門口，朝我問道：「頂樓有誰？」

「我不知道。」

「除了你之外沒有其他人？」

「沒有。」

「幾年幾班的？」

「二年六班。」

「明天到學務處報到，回去。」

「是，教官再見。」說完，我拾起書包走下階梯，教官沒有跟著下樓，而是往頂樓邁步，大概是不相信我的說詞吧。

噹、噹。

六點的閉校鐘聲響起，迴盪在空蕩蕩的校園。

第二章　直覺與邀請

叮鈴鈴鈴鈴鈴——

鬧鈴聲響起，在沉睡的腦海迴盪。

鈴鈴鈴鈴鈴鈴鈴鈴鈴鈴鈴鈴鈴鈴鈴鈴鈴鈴鈴鈴鈴——

刺耳的熟悉音調不斷重複，聽在耳裡卻像彈珠汽水的咕嚕氣泡聲。

鈴鈴鈴——

——啪噠。

我伸出手，總算制止了暴躁的鈴聲。

手勾著書桌，腳黏在溫暖的被窩，被溫差刺得發冷的身體懸盪在外。我像隻掛在兩棵樹之間的樹懶，維持這樣的姿勢大約十秒鐘。

冬日的寒風咻地從門縫鑽了進來，缺少棉被庇護的我打了一個哆嗦，反射性縮回被窩。

……不行，再這樣下去又要被叫去掃廁所了，我邊想著班導恐怖的臉如此告誡自己。

早上起床想到的第一件事就是班導的臉，總覺得很悲哀。

慢吞吞地穿上拖鞋，走進浴室盥洗，用吹風機整理雜亂的頭髮，再喝一杯溫水。

儘管意識尚未清醒，一連串的動作猶如早已設定好的精密程序，四肢自己動了起來，一分不差地完成指令。

乏味的鬧鈴聲、體內的肌肉記憶、熟悉而狹小的空間，都仍使我的意識停留在尚未清醒的牢籠。

依舊是個百無聊賴的早晨——身體彷彿這麼訴說著。

換好制服後，來到與平常出門差不多的時間，我依然像機器一樣拎起書包、穿好鞋子，手往門口的衣帽架一伸——

手卻抓了個空。

沒有多加思考，我隨手抓了另一件毛衣，出發前往學校。

花費二十分鐘的車程抵達學校後，轉進校門口，一道爽朗的嗓音從背後傳來。

「唷，早安。」

轉過頭去，一名留著俐落棕短髮的少年插著口袋朝我走來。

「怎麼啦，一大早愁眉苦臉的？」

頂著一張輕浮卻不失帥氣的笑臉，那人走到我的斜前方，微微彎腰打探著我。

「遇到什麼好事了嗎？」

「沒有，倒是遇見了討厭的人。」

「一大早就這麼傷人。」

「會嗎？我覺得跟平常一樣啊。」

「但你的臉比平常還臭耶。」

「大概是聞到了不好聞的東西吧。」連嘴巴都一樣臭，那男人不悅地這麼說，接著恢復平時口吻。「黑眼圈都跑出來了，沒睡飽？」

今天早上沒仔細照鏡子，但的確感覺沒什麼精神。

「就我所知，男人晚上睡不著，十之八九跟女人有關係。而牽扯到女人，包準是好事。」他以輕浮的語氣如此宣告，免費獲贈我的一個白眼。

「別拿你這傢伙跟我相提並論。」

他靠了過來，用手肘頂我的側腹。「怎啦～？老實招來，我可以放你一馬。」

「好吧，老實說，你一大早就很煩。」

他不以為意地收回手肘，再次展露爽朗的笑容。

我嘆了口氣，心想今天的他也是一如既往。

將近一百八十公分的優秀身高，褐色短髮以髮蠟稍微打理。左耳別有一枚遊走在校規邊緣的銀製耳環，五官挺立。一雙細長而清澈的雙眼看似目透一切，然而主要用途是拿來打量身邊的女性。

運動神經良好，現任籃球社社員。平時的制服領口總是鬆垮垮的，搭配剪裁過的合身長褲，整個人散發一股落落大方的氛圍。

姑且能稱作死黨的這個人，叫作何又雲，目前同班。

由於他俊俏的外貌和身材，從來不缺桃花，可惜滿口垃圾話，玩世不恭的性格讓他總是不斷吸引同齡男性的仇恨值，只要和女生走在路上，就能從各種角落聽見「去死去死去死去死」的可怕怨念。

一句話總結，殘念的花花公子。

每天早上和他鬥嘴幾句，替那些男生討討公道，已然是我們兩個之間的例行公事。

「不過說真的，你精神看起來不太好。」

在地下一樓美食廣場買完早餐後，前往教室的途中，他再度提及這個話題。

「呼啊……嗯，有點失眠。」我打了個呵欠。

「還真是難得。喏。」他從側背包拿出了一罐摸起來還溫熱的咖啡，塞到我手裡。

「這你要喝的吧？」

「反正是看優惠才買的，下次請我星巴克就行。」他擺了擺手，示意無所謂。

「你這死不要臉的。」

「這樣對待關心你的人不太好吧？」

「對待你剛剛好。」

「所以呢，昨天到底發生什麼事了？我記得你放學前被叫去做學藝股長的工作，然後……啊，被告白了？」

「告你個頭。」

「不是喔？」

「你以為每個人都跟你一樣。」

「哈哈，這麼說也是，我都是被告白的那個嘛～」

差點沒拿咖啡往他後腦杓灌下去。咖啡是無辜的，我默默收回自己的手。

就在此時——

「——發現小左！」

身後忽地響起一道嘹亮聲嗓。

聲音的主人如同閃電一般竄到我面前，擋住了我的去路。

被抓在胸前的草莓奶茶率先映入眼簾，光看到這個就能立刻辨識來者何人。

「萱，早安。」

隨著奔跑躍動的海棠紅雙馬尾，被兩顆大大的草莓髮飾束起，一對圓潤的金色雙眸從我的胸口處探了過來。

以女性來說絕對不算出眾的身高，不知為何某個部位的發育卻與那身材不成比例。

此刻被她捧在胸前的鋁箔包猶如被群山環繞，感覺就算鬆手也不會掉下來的景象就是證據。

橫衝直撞且散發活力，眼前的女子叫作柳夏萱，是與我同屬二年六班的班長兼本校排球社社長。

「小左，你昨天又沒來！」

「妳在說什麼？」

「還裝傻！」她嘟著嘴喊道：「社、團、練、習！」

「不，那不算社團練習吧，那叫自主訓練。」

她指的是昨天放學後的社團活動。很不巧，那時候我正忙著在教室看小說。

「都一樣啦！」

「學校又沒有規定放學後還得參加社團活動。」

放學後願意利用私人時間揮灑青春，屬於個人意志的範疇。

「你明明連社課都翹掉還好意思說！」

「關於這個……」我別開目光。

「缺席超過三次就得罰愛校服務跟記警告，就算每次都幫小左點名，你好歹也來一次嘛……」

這名以姓氏冠小字稱呼我的女孩，實際上還有另一個身分——我們是從小相識的兒時玩伴，也就是俗稱的青梅竹馬。

求學路上三度同班，小時候還會到對方家裡串門子，交情自然比一般人深厚，也是她之所以願意幫我點名的緣由。

只不過……

「今天的社課，你一定要來參加哦！」

她有時會像這樣，管得有點多。

柳夏萱伸出食指指著我的鼻頭，沒有威嚴地如此告誡。她用力吸了一口草莓奶茶，又囑咐了一次「絕對要來喔！」才轉身離去。

「唉……」目送她的背影，我低聲嘆息。

偶爾就乖乖參加一次吧，看來要跟這週的圖書館再會了。

「還是一如往常地有活力呢。」

何又雲此時答腔，以像是與自己無關的語氣這麼說道。

「可能是喝太多草莓奶茶的後遺症吧。」糖分使人亢奮。她幾乎每天早上都會來一罐。果然從飲食習慣看得出性格嗎？

「真羨慕欸～有個女生願意這樣關心自己。」他以調侃的語氣看向我，我終於忍不住舉起手上的咖啡罐。

「這是恩將仇報吧？」

「放心，我打很準。」

「我擔心的不是這個！」

我們持續嬉鬧，走向教室。唉唉，他突然說道：「看來我只能指望轉學生了。」

「……啊？什麼東西。」

「轉學生啊。」他轉過頭來，笑說：「聽說是個女的，不知道正不正。」

「……？」我眨了眨眼。「……你在說什麼？」

「你該不會又沒看手機吧？」

他表露有些無奈的神情解釋：「昨晚班導不是傳訊息到群組，說今天會有一個轉學生轉來我們班嗎？」

「真的假的？」

我打開手機的通訊軟體，點進二年六班的聊天群組，往上滑了一段發現確實有這則訊息。

『一轉學生將於翌日轉入本班，請在座朝臣禮遇相待。』

先不論那讓人摸不著頭緒的用字遣詞，何又雲說的是事實。都已經十一月底了，沒想到這種時期還有轉學生。

思及此，內心忽然感到一絲違和。

轉學生。

不認識的女生。

我忽地想起早上衣架抓空的那份「觸感」，心中起了某種搔不到癢處的預感。

似乎有所關聯，卻又不足以形成確切證據。

我停下腳步，以有些僵硬的口吻道：「不會吧……」

「早安。」

輕盈的嗓音自前方傳來，印證我的思緒。

我緩緩將目光對去，一名少女的身影映入眼簾，將預感化為實體。

美麗的星空紫長髮，深邃的琉璃色眼眸，寧靜的微笑。鵝黃色襯衫，淺墨綠色短裙，搭配過膝黑長襪與樂福鞋。

一切都和昨日如出一轍。

唯一的不同，是她的肩膀上多了件毛衣。昨天被我借了出去，卻沒有歸還的亞麻色毛衣。

突然消失的少女。

宣稱自己已經死了的幽靈。

此刻站在我的班級前面，朝著我揮手。

「能請妳好好解釋一下嗎？」

大腦遭遇亂流的我，趁著早自習前的空檔，將她拉到遠離教室的藝能大樓後側，環狀走廊的石椅上。

這裡遠離人潮，但還是有三三兩兩的學生在附近遊蕩，尤其是狀似情侶的組合。雖然意義不同，看來大家在做見不得人的事情時都習慣來這裡。

「你想知道什麼？你有三次詢問的機會。」

「妳是阿拉丁神燈？」這種時候還在開玩笑。我無力垂肩，首先將內心的第一個疑問說出口：「為什麼妳會在這？」

「你是指成為轉學生這件事嗎？嗯……該怎麼說呢～」她微微歪過臉去。「是『祂』做的吧。」

「啊……？」我一瞬遲疑。「誰？」

「神。」

從她的嘴裡吐出了昨天提及的字眼，那個與她出現在這有關的對象。再次聽到這個詞彙依舊令人感到遙遠。

「祂做的……怎麼做？」

「我擲筊。」

「……？」

「我問祂能不能讓我轉進這裡，祂給了我一個聖筊。」

「……妳認真的嗎？」

「你說呢。」她笑咪咪地回應，無視感到無語的我。

「說真的，怎麼回事？」

「我很認真啊。」她接著回答：「尤其遇見你之後，我更加覺得應該這麼做。」

「妳到底在說什麼？」

「尋回心跳。」

她再度宣示她的目的。依照她的說法，如果能成功尋回心跳，「神」便能讓她死而復生。

「為了完成目的，我回到了在我這個年齡應該待的地方，來尋找答案。」她如此說道，環視周遭。從她的眼神裡讀得到一點陌生，還有我擅自認定形似懷念的情感。

「但妳說妳不認得這所學校……」

「是這樣沒錯。」

「既然如此……咦，難不成，妳生前是這裡的學生？如果是這樣，搞不好可以查到妳的父母……」

「請別這麼做。」她忽然轉以堅定的語調。「請不要給他們希望。在這種狀態下，這一點意義也沒有，何況我也不記得他們。」

……說得也是。即便查出她的來歷與家屬，自己的女兒卻忘記一切，肯定會造成更加巨大的混亂。

「而且你沒發現一件事嗎？」

在我思考時，她接續說道：「如果我生前是這裡的學生，那麼轉學進來時就會被發現了。」

「啊，這麼說也是。」

「所以我只是請祂協助我，讓我得以轉入這所學校的某個班級。」

「既然這樣，為何是我們班？」

「我剛剛不是說了。」她笑著回答：「因為你在這啊。」

「……」

「反正也不知道去哪，找個有認識我的人的地方待著，也比較安心吧？」這算是被鬼跟吧，我是不是應該去收驚比較好。

「不過，為什麼大家都看得見妳？」

「這是第二個問題吧。」她還真的有在算。

她微微側過臉，以玩味的語氣回答：「你該不會以為，只有你看得見？」

說及此，我忽然回憶起她昨天說的某句話。

那之後，我就在這所學校徘徊，也不敢走出校外。你們上課時就躲起來，思考著該怎麼辦，到了現在。

原來如此，所以她才會說「躲起來」。也就是說，並不是我的體質產生變化，是這個世界出了問題。

找了個讓自己莫名安心的理由，我鬆了一口氣。只不過，這並沒有解決任何問題。

「妳不怕穿幫嗎？」

我接著指出核心的疑問。她可是幽靈，人稱的鬼魂，沒有形體，是與我們不同次元的存在。

昨天我的手穿過她身體的畫面，還有那份毫無知覺的觸感，到現在仍歷歷在目。假如班上同學不小心觸摸到她，卻發現什麼也沒碰著，肯定會引起大恐慌，搞不好她會直接被除靈。

「關於這個……與其用說的，這樣比較快。」

「欸？」

話才說完，她淺淺一笑道：「就像這樣。」然後將手伸了過來。

「──！」

她柔軟的指腹，輕點在我的手背上。

「什…………！」

明明昨天完全無法碰觸的身體，此刻卻擁有體溫地覆在我的手上。

從我的眼神裡讀出詫異和疑惑，少女將手抽回，微瞇眼睛說：「我現在的狀態……是『活人』喔。」

「活人……但妳不是已經……」

「沒錯。」她點了下頭。「或許能解釋成是我仍懷有心跳的證明……又或者是，為了『尋回心跳』而獲得的能力。」

她淺淺地呼吸後，抬起了頭：「簡單來說，我擁有兩種型態，鬼魂──以及人類。依據某種規則，我能在兩種型態之間做轉換。」

「鬼魂和……人類？」

「昨天你已經見過了『死去的我』，也就是『日落之後』的我。」

昨天與她相遇的時間點，確實是太陽下山之後。

「日落之後的我將化身幽靈，雖然依然能被看見，也能自由隱去身體，但沒有辦法被活人所觸摸。」

所以昨晚她才會像幽靈一樣突然消失嗎？

「第二種型態，也就是『活著的我』，是此刻你眼前的我。日出後就能被觸碰，和一般人沒有兩樣。」

我稍微停頓了一會，「也就是說，夜晚的妳是幽靈，白天的妳則是正常的學生，沒錯嗎？」小心翼翼地說出這個令人難以置信的結論。

她微微聳肩。「只是為了方便說明才這麼解釋的。實際上，我一點也不覺得這叫『活著』。」

「什麼意思？」

她忽然一把抓住我的手，放到她白皙的手腕上。

溫熱的觸感隨之傳來。女孩子特有的白嫩肌膚，摸起來像柔順的絲綢一樣。

「……！」真的碰得到。我再次確認了這個事實。這不是夢，沒有發生像昨天的情形，我就只是正常地在觸摸一位女孩子，在學校的走廊上。

在學校的走廊上摸著女生的手？

意識到自己所處情況的瞬間，我不自覺倒退一步。

「請你不要亂動。」

「妳想做什麼，男女授受不親……」

「噓，仔細聽。」

在我慌亂反駁的同時，她拉出我的食指與中指，放到她的手腕內側。

就像中醫把脈的姿勢。

……原來是要我聽她心跳的意思。

覺得自己有點白痴，我乖乖將指腹挪到適當的位置，嘗試尋找脈搏。然而……感覺不到。

應該說，跳動的幅度小到難以察覺，我必須將指腹用力下壓，才能勉強感覺到脈搏。就和昨天聆聽她的心音時一樣，總是微弱得像是隨時會消失。

「這下你懂了嗎？」我抬起眼，與她近距離四目相對。

「我的心跳，並沒有因為『活過來』而恢復正常。」

「……」

「只要沒有恢復心跳，我就只是一名幽靈。只是一個寄託神力，短暫回到現世的死人。」

她挪開視線，望向右側看臺的天空，說出消極的結論。我看不見她的側臉，不過想必不是什麼令人舒坦的表情。

沉默在我們之間蔓延開來。

我盯著她的背影，話語逕自脫口而出。

「……要怎麼做？」

「咦？」少女回過頭來。

「要怎麼做，才能恢復妳的心跳？」

「你願意幫我嗎？」

「妳不就是為了這個，才轉進我們班上嗎？」

「哎呀，挺有自知之明的嘛。」她露出一抹促狹的笑容。「不過這是兩回事吧？」

的確，我並非因為對方找上門，所以才願意出手協助，而是出於其他理由。

我不想說得斬釘截鐵，也不想被誤認為是個古道熱腸的傢伙，更不想把這種情況營造成像是英雄救美的環節。我不可能是那種角色。

只是我總覺得，若是放任不管，眼前這名少女說不定就會消失。這是一種近似直覺的肯定。

逝去之物無法恢復原狀，我的內心清楚明白這個道理。做與不做，只有這兩種選擇，那至少在自己還有能力時，做些力所能及的事情吧。

「反正就算不幫，妳也會纏著我吧。」

「你還挺有自信的耶。」

「我只是不想讓事情變得更麻煩而已。」

「……這樣啊。」她瞇起眼來，以玩味的語氣道：「你是個好人。」

「我記得書上寫被女孩子這樣說，不是稱讚的意思。」

「我可是真心誠意的喔。」她笑吟吟地道：「這麼說起來，還沒自我介紹吧。」

她站了起來，將手撫上胸口。

「我的名字叫紫泱。紫色的紫，水部央。」

「左離鳴。左邊的左，離別的離，鳴叫的鳴。」

「不是一鳴驚人的鳴嗎？」

「不適合我。」

「是嗎，我倒覺得很合適。」

她微微一笑，朝我遞出手掌。

「那麼，接下來就請多多指教嘍——左同學。」

「小左，要不要一起吃午餐？」

午休鐘響後，在教室的一片喧譁中，一道人影伴隨輕快的腳步聲來到我面前。

光聽稱呼就知道誰來了。然而與這熟悉的稱謂相對，這個舉動卻令人感到些許陌生。

儘管身為青梅竹馬，她已經很久沒有邀我一起吃午餐了。今天吹的是什麼風？我抬起頭，與柳夏萱金色的雙眸對上眼，只見她朝我的右手邊使了一個眼色，我才瞬間領會到她的來意。

往右側看去，只見某位正在用手指玩弄髮尾的紫髮少女也同樣看了過來，與我們視線相對。

「紫泱要不要也一起吃？」柳夏萱問道。

「咦，可以嗎？」

「當然可以！」

紫泱轉進來後，位於我右側空著的桌椅，恰好成為紫泱的新座位。換句話說，就是我的鄰座。

「要照顧新同學嘛，你說對吧，小左？」

「幹麼問我。」

話雖如此，我還是將我的桌子併了過去，組合成一張長桌，方便三人入座。

「……我先去一下廁所。」

眼看負責抬便當進班的值日生還未見蹤影，為了避免大眼瞪小眼的尷尬氣氛，我找了理由離開座位。

剛走出教室，另一道人影隨之湊了上來。

「欸欸，怎麼回事？」以帶著像是要打探什麼，令人不耐的語氣靠過來。

「什麼怎麼回事？」

「還裝傻，轉學生啊。」

不消問，這種會八卦地找人搭話——尤其對女性話題特別有反應的人，放眼全校只找得到一個。

「說吧，你是不是想追人家？」

何又雲，別稱二零六渣男。

「啊？你又在說什麼鬼話。」

「少裝了～這可是天上掉下來的天鵝肉，不會動心代表你沒有雞雞。」可以不要把全天下的男人都比喻成下半身思考的生物嗎。

話說回來，這是在暗指我是癩蛤蟆吧？

我用趕蒼蠅的方式甩了甩手。「就說了，別拿我跟你這傢伙相提並論……不過還是姑且問一下，你要一起吃嗎？」

「問這什麼蠢話！」何又雲豎起大拇指，展露潔白皓齒。「和兄弟一起吃飯不是理所當然的嗎？」

果然上鉤了。

就算有身為青梅竹馬的柳夏萱陪同，若是第一天就和轉學生共進午餐，八成會招人閒話。這種時候，這傢伙就派上用場了。

平時塑造的風流形象，恰好成為眾人閒言閒語的完美擋箭牌。

「欸欸，你看那邊。」

「呼哇……第一天就想把人家啊。」

「渣男！比嚼過丟到水溝裡的口香糖還渣！」

果不其然，當我們各自拿取便當回到座位後，立刻從四周射來銳利的視線。好在策略奏效，何又雲成功吸收全場仇恨值，使我倖免於難。

四人就座打開便當後，看似絲毫不受旁人目光影響的何又雲率先開口。

「紫泱，妳從哪裡轉來的？」

出現了，一百個關於轉學生的為什麼第一問。沒想到他會用這麼爛的問題當開場白。

紫泱看向何又雲，露出禮貌的微笑。

「從異世界轉生來的。」

「「……」」不只是我，柳夏萱跟何又雲同樣愣住了，紫泱這才發現空氣有些乾冷。

「咦，這裡不說這樣的笑話嗎，抱歉抱歉。」接著她雙手合十，露出誠懇的模樣。「我只是對這裡很不熟悉，可以為我介紹一下嗎？我也想多多認識大家。」

我這才意會到，紫泱根本不可能答出自己從哪裡轉學過來，所以才用這種方式糊弄過去。

「沒問題！」率先接話的是柳夏萱。「妳好，我是小左的青梅竹馬，請多多指教！」

「妳好，我是紫泱。」

「我知道！早上班導有說，真是個美麗的名字～」

「呵呵，謝謝妳。」

「不用客氣！再來換誰？」

名字呢？這是哪門子的自我介紹。

正當我打算出聲提醒這冒失鬼時，何又雲突然插話。

「我是何又雲，今年十七歲，隸屬籃球社，是一名淡泊名利的男子。旁邊這位癩……臭臉男姑且算是我的死黨。」

你剛剛是不是想說癩蛤蟆？

「平常的興趣是觀察，對象是男性以外的人類。目前單身，喜歡的類型是轉學生和女高中生，今日星座運勢表示會沾桃花，請多指教。」

「「……」」全場靜默。就連柳夏萱都難得露出退避三舍的表情。

「這樣啊，很高興認識你，何又雲同學。」紫泱皮笑肉不笑地回答。

「再、再來換小左！」柳夏萱慌忙地轉移話題。

「等等，妳好歹先介紹完自己吧。」

「咦？人家剛剛介紹過啦。」

「名字啦，名字。」

「名字……啊。」她終於意會到她剛剛根本沒提到自己的名字，臉頰頓時羞紅，露出不好意思的笑容。

紫泱見狀露出柔和的神情，反問道：「妳剛剛提到小左，兩位是從小一起長大的嗎？」

「嗯！」柳夏萱用力點頭。「我們從國小三年級就認識了，一路升上高中都就讀同一所學校。」

「這樣啊，那兩位的感情肯定很好吧？」

「沒有啦，嘿嘿～」柳夏萱搔著頭，露出難為情的樣子。人家沒有在誇獎妳好嗎。

「再來是小左！」

「妳還是沒有說自己的名字啊！」

我嘆了口氣，索性直接替她補充。「重新介紹一次，她是柳夏萱，本班班長，也是排球社的社長。除了讀書不在行，體育跟師長緣都不錯，想快速熟悉師長可以請教她。另外她三餐都吃草莓，還會幫不同草莓取名字。」

「啊，小左，你這是什麼自我介紹!!」她大喊了起來。

「別把筷子指著別人。」

「什麼叫讀書不在行，人家成績才沒有那麼差！還有，你對草莓有什麼不滿!?」

「我沒有不滿，只是陳述事實。」

「喜歡草莓錯了嗎！」

「妳這叫成癮。」

「哪有這麼誇張！可惡，氣死人了!!」說完，柳夏萱隨即從口袋裡面掏出了一罐草莓奶茶鋁箔包，插上吸管大口喝了起來，沒幾秒便發出嘶嚕嚕的聲響。

「看吧，就像這樣。」

「……！小左欺負人！」柳夏萱不滿地嘟嘴，喚來紫泱的笑聲。「呵呵。」

「啊……」柳夏萱的臉色變了。「都是小左害的啦！你害人家以為我很奇怪了啦……」

「我什麼都沒做……」

「不、不是，我只是覺得你們兩個很有趣。」紫泱掩嘴笑著：「你們的感情果然很好。」

我與柳夏萱面面相覷，同時移開視線。

「喂，你們少在那裡打情罵俏，留一點份給我啊。」

「我們才沒有打情罵俏……！」柳夏萱先是反駁，而後低頭用些許埋怨的眼神瞄向我。為了迴避這股沉默，我開始介紹自己。

「我是左離鳴，二年六班的學藝股長，沒有特別的興趣，社團也是排球社，以上。」

紫泱已經認識我了，但還是做做樣子以免起疑。

「咦，左同學也是排球社的嗎？」

「啊……嗯，雖然一次都沒去過就是了。」

「小左你今天要來喔，下午的社課再翹掉就不幫你點名了。」柳夏萱再次投以叮嚀且威脅的語氣。

「是是……會去會去。」

「好敷衍!?」

「社課……？」紫泱疑惑地看過來。

「啊，對喔，妳還不知道！我們學校每個雙週的禮拜五，下午第六、七節課是全校性的社課時間，那兩節課大家會去參加各自的社團活動。」柳夏萱揮揮手指迅速做出說明。

「咦～這樣啊。」

「紫泱剛轉來，還沒有選社團對不對？妳有考慮加入哪一個社團嗎？」

「籃球社還缺一個球經，要不要考慮一下？」

請收起你骯髒的私人慾望。

「嗯……哪個社團嗎～」紫泱手撫下巴。「不介意的話，我可以到排球社看看嗎？」

「喔喔，小紫也喜歡打排球嗎！」柳夏萱忽地將身子前傾，兩眼綻放光亮。

「咦……？」紫泱略帶遲疑地反應，大概是被柳夏萱的激昂反應給嚇到了，實際上似乎並非那麼一回事。

「……啊。」柳夏萱微張小口，愣了一下。

「抱、抱歉，不小心就說出口了！因為覺得小紫叫起來很順口所以……不喜歡我就改掉！」察覺自己失言的柳夏萱，以抱歉的口吻解釋。

紫泱隨即搖了搖頭，面露笑容。

「當然可以，我不介意。」

「真的嗎？呼……太好了～」柳夏萱輕拍胸口。

「妳還真是喜歡用『小』來稱呼人啊。」

「因為很親切嘛，我可不是每個人都會這樣叫喔。」

說到這，我不經意朝何又雲看去，盯住他幾秒，隨即泛起一陣雞皮疙瘩。小何、小又、小雲聽起來都詭異得要命，不行，而且超級噁心，幸好柳夏萱沒替他取綽號。

「……你看什麼？」

「沒事。」我若無其事地朝另外兩位女生開口。「是說該做正事了吧，再聊下去就要打鐘了。」

「啊，對哦！」柳夏萱看向手上乾癟的鋁箔包，站起身大喊：「再這樣下去午餐就沒得配了！我很快回來！」

總覺得有什麼地方搞錯了。

來不及阻止，不如說阻止不了，雙馬尾少女如閃電般消失在眾人眼前。

「……」

目送柳夏萱離開的背影，紫泱定住了好一段時間。

新崇高中，全名新北市立新崇高級中學，是一所位於新北市境內的普通高中。占地約十一座足球場大小，綠茵環繞，校舍以紅磚瓦作為外部建材，文藝氣息與自然的美感交織融合。

每逢雙週的星期五，下午第六、七節課，是全校性的社團活動時間，除了正埋頭準備大學甄試的高三生外，高一、二的學生會依照自己在學期初申請的社團進行活動。

對於生活在升學體制之下的多數學生來說，全校性社團活動無疑是一週當中最為珍貴的時光。

每逢這個時段，校內總會瀰漫一股濃厚的青春氣息，感染著人們的情緒，令人不禁冒出想要認真度過這一生一次的玫瑰色高中生活的念頭。

就算是自己，多少也能理解他們的想法。

但說真的，好痛。

手臂上火辣辣的疼痛感，讓人覺得青春什麼的根本無所謂。

如果說運動是為了放鬆或促進身心健康，為什麼會有人發明出這種拿東西砸自己身體的運動？

「唔呀！」前方不遠處，某道身影倒退一步，一顆球朝斜上方四十五度角飛去。

「小紫，不對啦，應該要這樣！」遠處傳來高亢的號令，「排球好難喔……」以及消沉的嗓音。

「小紫不要放棄，才剛開始而已！」

面對沮喪的轉學生，柳夏萱用饒有活力的聲音鼓勵著她。

顯然地，柳夏萱正在教導紫泱基本的排球技巧，低手接球。這節課的主題是自主練習，柳夏萱利用時間向紫泱介紹了一下環境後，陪同她練習。

已經過去半節課，情況看起來不太順利。

「明明有照著夏萱說的去做，還是打不到……」

「嗯～是哪裡出了問題嗎？」柳夏萱微蹙眉頭，歪頭一想，隨即嘴巴張開，想到什麼好點子。

「這樣好了！小紫妳把排球想像成黑鮪魚，手臂是漁網，當球朝自己靠近的時候，就把網子向上一撈——」

不順利的原因，並非紫泱沒有學習能力，而是導師的教法令人不敢恭維。從一開始的狀聲詞擬態法（將動作以「咚啪～」、「咻蹦！」等不明狀聲詞作比喻），到精神喊話法（講氣勢不求技術），再到現在的想像訓練法（捕撈黑鮪魚），成功地使紫泱的精神變得更加渙散且遲鈍，不愧是柳夏萓。

話說為什麼是黑鮪魚？妳屏東來的嗎？

我在原地看著快要哭出來的紫泱，長吁一嘆，往前走去。

「萓，妳到底在幹麼？」

穿著白色與湖水綠相間的運動服少女轉過頭來，面露疑惑。「教小紫打排球啊。」

「有人像妳那樣教的嗎？」

「啊，小左想吵架嗎！」

「妳的教法太抽象了，對方會聽不懂。」

「可是我剛剛有說呀，像這樣把手臂併好，等球來就可以『咚啪！』地打出去了～」出現了，狀聲詞擬態法。

柳夏萓一邊解釋一邊演示動作，胸前兩團鬆軟的棉花被手臂夾出一條深深溝壑，使我不由得移開視線。

「……我的意思是，光用說的對紫泱來說太難理解了。」

「喔！是這樣嗎，小紫？」柳夏萓彷彿恍然大悟，朝紫泱問道。

「不，不是夏萱的問題。」您真是太謙虛了。

「不如這樣吧，妳直接用身體幫紫泱矯正姿勢，可能比妳用那一堆奇……我是說高維度的理論教導有效。」

「小左剛剛是不是想說奇怪！」

柳夏萱鼓起臉頰，但可能知道自己理虧，還是乖乖照做。

「那小紫，妳先把手臂伸出來～」

「咦，真的要這樣嗎？」

「快點快點～」

柳夏萱的催促沒有惡意，倒是讓紫泱有些手足無措。「嗯！」紫泱隨即下定決心，將手臂擺在胸前，拳頭握攏靠在一塊，直挺挺地站立。

「不對哦小紫，首先是手臂這邊，應該打得更直，像這樣！啊，還有角度也不對……」

說著，柳夏萱的雙手扶上紫泱纖弱的手臂，腰部與臀部逐漸貼合，隨著調整的動作來回摩擦。

兩人雙雙綁起馬尾，裸露出白皙的頸項，幾滴汗水滑進領口，消失在深不見底的縫隙之中。

……本能告訴我，繼續待在這裡很危險。

「妳看，這樣子手比較好固定，就不容易被球震掉。啊啊，還有女生的力氣本來就比較小，所以更要靠下半身的力量把球帶起來，這樣就能像黑鮪魚一樣彈得又高又遠！」

別再用黑鮪魚當比喻了！正常人根本不知道黑鮪魚的彈跳力!!

「夏萱，好近……」紫泱臉帶紅暈小聲說著。「啊。」察覺到彼此距離的柳夏萱也抿住嘴脣，向後退開。

「可以再試一次嗎？」

「嗯！」

兩人再度拉開距離。

紫泱的動作確實比剛才要標準一些，這一次球沒有再從紫泱的肩膀外飛去，而是發出「咚！」一聲清脆而沉悶的聲響，朝前方劃出一道漂亮的拋物線。

「是這種感覺嗎？」

「喔喔！小紫，就是這樣！」

柳夏萱高興地跑上前來擊掌，剛才那股羞澀感又消失無蹤。

「夏萱，來一下～」

聲音從場邊傳來，似乎是社團顧問有事情要交代。「來了～！」柳夏萱離開後，紫泱左右張望，走到我身旁。

「怎麼樣？」

「還滿有趣的。」

經過剛剛的荼毒還能有這樣的想法，真是強健的心靈。

「想去其他社團看看嗎？」

「嗯……」發出低吟的紫泱歪頭思索後，朝我丟出別的問題：「話說，你怎麼會加入排球社？」

「我？」

「你看起來不像夏萱一樣喜歡排球，聽說之前的社課也都翹掉，那是為什麼？」

「沒什麼，因為沒有其他想去的社團，就被她拉進來了。」

「中午自我介紹的時候，你也說自己沒有其他的興趣呢。」

「是啊。」

「真的一樣都沒有嗎？像是看電影、睡覺、發呆之類的。」

「……真要說的話是看小說吧。」

「所以你們高一也是排球社的嗎？」

「萱是電影賞析社的。」

「咦～還有這種社團呀？」

「是啊，具體在做什麼我也不清楚就是了，大概就是看看電影、寫寫心得吧。」

我看向不遠處的她的背影，我回憶道：「一年級時她加入那個社團，放學後總是不見人影，似乎很認真在參加，只不過高二後就退出了。」

「接著就加入排球社了嗎？咦，然後就當上社長？」

「挺厲害的吧。」我輕輕一笑。「老實說，這方面我還滿佩服她的。啊，別跟她說，她會得意忘形。」

「呵呵，你們果然感情很好。」紫泱輕笑，接著問道：「那麼你呢？」

「我以為這個話題結束了。」

「你不想說？」

「我是插畫社的。」

「……插花社？」

「插畫社。」

「……你說什麼？」

「妳明明就有聽到。」

「因為有點令人難以相信。」

「有點失禮。」

「我只是覺得你看起來不像會畫畫而已。」

「我說的失禮就是這個。」我傻眼地嘆一口氣。這時，柳夏萱往我們跑了過來。

「小紫，老師說下一節課練習發球，我會再教妳！還有小左，不准偷溜！」柳夏萱使了一個「偷溜了就不幫你點名」的眼神。

「……好啦。」

兩名少女回到場邊，繼續傳球互碰。

我隻身看著她們一下拉近、一下拉遠的側影，看向遠處的白色瓷磚牆。

「不過妳說的也沒錯就是了。」

不自覺說出剛才沒說出口的話。

* * *

放學時分。

由於第七節課後銜接放學，許多人在社課結束後回到教室拿了書包便迅速離開；相反地，有人為了無縫接軌放學後的社團活動，會選擇在第六節課前將書包收拾好帶走，省下多跑一趟的功夫。

柳夏萱正屬於這一類型，她往往會在社團活動結束後繼續待在球場，揮灑汗水直到閉校前最後一刻。

相較之下，成功逃離……我是說準時下課的我，慢悠悠地晃回班上，換好制服後準備返家。

離開教室前，我的目光被某道人影攫住，停下前行的腳步。

「妳在幹麼？」

紫泱端正地坐在座位上。

桌上收得乾乾淨淨，沒有任何文具與書籍，掛在一旁的書包拉好拉鍊，明顯是準備好離開的狀態，然而書包的主人卻沒有任何動作，只是乖乖坐在那兒，像塊木頭。

教室的人潮幾乎散去，幾扇窗戶被粗心的同學忘記關上，冷風呼呼吹了進來，拂起她柔順的瀏海。

她緩緩抬頭看向我，眨了一下雙眼。

「沒幹麼。」

「沒幹麼？那怎麼不回家。」

「要回去哪。」

「啊。」

因為場景太過日常，我忽略了這件顯而易見的事。一名失去記憶，半夜突然甦醒的幽靈，自然沒有地方可以回去。所謂的歸屬。

我杵在原地愣了一秒，問道：「那妳要怎麼辦？」

「嗯……」她歪頭想了一想，「睡教室？」

「會被警衛發現。」

「那把窗簾全部拉上。」

「這樣看起來更可疑吧。」

「更衣室。不然就男廁。」

「妳認真的嗎？還有為什麼是男廁。」

「偶爾也想體驗一下新鮮感。」

「體驗的時機錯了吧！」

「不然你有什麼辦法？」她冷眼詢問。

「為什麼變成是我的問題了？」

但確實，我想不出什麼好點子。不如說這件事棘手的不是哪邊能睡，或是會不會被發現的問題。

「……保險起見確認一下，妳認得回家的路嗎？」

紫決搖了搖頭。不，即便認得，以她現在的狀態也不可能回得去吧。

雖然撇除更衣室或廁所，還有會議室或圖書館這類更加舒適的場所，藏身起來也比較容易，但終究不可能這麼做，更何況還有梳洗等問題。

說到底，真正讓人介意的不是這些。

讓身無分文的女高中生獨自在學校過夜，怎麼可能做得到。

這感覺就像把一隻流浪的小動物丟在荒野，根本沒辦法讓人安心。但我的零用錢不足以負擔讓她外宿的費用，這件事也沒辦法告訴別人。

思及此，腦中突然浮現出一個疑問。

「如果昨天妳沒有被我或是被其他人發現……妳打算怎麼辦？」

她偏頭想了一想。「大概還是一樣會轉進某個班級，繼續當一名普通的轉學生吧？」

也就是說一樣的做法嗎。

「那麼假如到最後都沒人發現妳的真實身分，妳真的成為了一名『普通的轉學生』……要怎麼辦？」

沒有人察覺她是幽靈的事實，大家就會把她當作一般人對待。被當作一般人對待，自然就不會認知到她失憶、無家可歸的事實。

等於間接否定了她的存在。

或許是察覺到我話語背後的含意，紫泱微微仰起頭，發出「嗯～」的思考聲音，而後轉過頭來，微瞇雙眼。

「誰知道呢～這種事遇到了再說吧？」

「哈啊？」

「我不喜歡去思考還沒發生的事。該做就去做，來到眼前就面對，對於那些『如果』……倒不如說，對於已經死去的我，所有的假設都沒有意義。」

紫泱輕輕睜眼，口吻似乎又變得更輕了一些。

「我只做我現在能做的事。」

「……………」

真是沒轍。徒勞無功指的就是這種情況吧。

我搔搔後腦杓，朝著教室另一個方向開口：「既然這樣，只有一個辦法了。」

「你要陪我在學校過夜？你人真好。」

「誰要啊，冷死了。」我微微嘆一口氣，接續說道：「不介意的話，要來我家嗎？」

「……這是誘拐？」

「誰要誘拐！」

因為羞恥下意識提高了音量。為什麼我非得要做這種事不可。

「一般來說男生邀請女生到自己家裡，不都會被認為是這樣嗎？」

「那是『一般來說』吧。」

「呵呵，說得也是。那我換個問法好了。」她緩慢地眨了一下眼睛，與我對上眼。「你難道就不擔心嗎？」

「擔心？擔心什麼？」

「不擔心自己會被我怎麼樣？」

她將食指輕輕點在我的胸膛上，緊盯著我的那對琉璃色雙瞳，忽地散發出異樣而深邃的光芒。

如同老虎鎖定獵物的姿態，眼底的慾念蘊含強烈的壓迫感，我甚至無法移開自己的目光。單憑眼神，便讓我再次意會到，眼前這名少女並非普通的人類……而是一個非人的存在。

理應感到顫抖、害怕，不知為何此時心跳卻相當平穩，猶如服下定心丸一般。

——我總覺得，若是放任不管，眼前這名少女說不定就會消失。

不久前的想法浮現腦海。

啊，原來是這樣子啊。經過這番對話，我更加確信了。

她是會默默選擇讓自己消失的那種人。

因為覺得已經沒什麼好失去的了，所以看淡一切……不，那或許更加接近於不對任何事物懷抱希望的消極。她只是用看似豁達的心態包裝一切。

儘管才剛認識她，我卻不禁如此認為。

「……你笑什麼？」

「總覺得，該被擔心的人好像不是我？」

「……！」聽見我這話，紫泱忽地睜大雙眼，向後退了一步，手抓住衣襟，就這樣盯著我不說話。窗外橘紅色的夕陽透了進來，沾染她紅潤的雙頰。

「……啊，不、等等，我不是那個意思！」

「想不到……左同學你還挺大膽的呢。」

「誤會，是誤會！」

「但說不定我可以哦？」

「不要讓情況變得更複雜!!」

她將手抵在脣邊輕笑，轉以柔和的眼神。「你也太濫好人了吧，你是說認真的嗎？」

「……我不會問第二次。」

「這樣啊。」睫毛輕輕低垂，她微微彎下腰。「既然你都這麼說了，就恭敬不如從命了。」

「那就走吧。」我搔搔臉頰，像是要逃離這樣的氛圍，轉身離開教室。

身後傳來關門聲，零碎的腳步聲逐漸靠近。

「話說回來，左同學。」紫泱輕輕朝我的耳朵咬了過來，細語道：

「我似乎找到恢復心跳的方法了——」

第三章　不平凡的平凡

臂膀被一股輕柔的力道包覆，搖動我的上半身。

「喂～起床嘍。」

溫婉的嗓音傳入耳畔，在朦朧的意識裡穿梭。

「再不起床，我就要對你實施心肺復甦術嘍～」

「…………？」

多虧這毫無邏輯的前後文，以及某股淡淡的花香味，使我從睡夢中清醒過來。

一睜開眼，映入眼簾的是一張被晨曦灑得通紅的臉蛋。

那人坐在床沿由上而下盯著我，如垂柳的髮絲搔弄我的鼻頭。香味大概就是從這來的。

「為什麼妳會在我房間？」我維持躺臥的姿勢，劈頭一問。

「來叫你起床。」

「我不記得有這麼拜託妳。」

「昏睡的白雪公主需要被拯救。」

「那也用不著CPR，還有不要擅自把我性轉。」我挪換角度，拖著沉重的身體從床沿中段坐起身，避免與紫泱的頭相撞。

「早安，左同學。」

「……早。」我張著惺忪的睡眼，看向眼前這擅闖私人領域的少女，發現某處不對勁。

「……妳為什麼穿著我媽的圍裙？」

聞言，她站起身，轉了一圈展示套在制服外的蘋果綠色布料。那是我媽掛在廚房但基本沒在用的圍裙。

「好看嗎？」

「不要用問題回答我的問題。」

「那是不好看的意思嗎？」她捏起圍裙下襬，歪頭瞥向我。

感覺她是那種不問到自己滿意的答案，就不罷手的類型。「是不難看。」

「真不坦率，但我收下了。」

「所以妳到底在做什麼？」

「沒什麼啊。」紫泱一笑，像是滿意般鬆開雙手。「剛剛說了，來叫你起床。」

「……喂，現在才幾點妳知道嗎！」我看向床邊的鬧鐘，提高音調朝她發難。

現在時間早上七點整，星期六。

「時間就是金錢。要是睡太多，會變窮光蛋喔。」

腔。

「我才睡不到六小時！」

我壓抑住升起的起床氣，正想著這傢伙哪裡有毛病時，忽然一陣香氣飄進鼻

那是一股近似於牛奶的香氣，從她的身上……不對，從門口傳來的，那是股令人感到熟悉的味道，再加上她穿著圍裙，該不會……

「妳準備了早餐？」

「叮咚～♪」她豎起食指。「為了獎勵你，讓你再多睡一分鐘。」

「謝謝妳的貼心喔……」

「要快點喔，不然會冷掉～」

都特地做早餐了，也沒辦法再睡回籠覺了。

「話說……左同學，你的房間意外地挺乾淨的呢。」

紫泱左顧右盼，環視我的房間周圍，一下盯著我那沒東西的牆壁看，一下目光往堆放雜物跟紙箱的櫃子飄去，把我的房間當博物館。

「沒有海報，也沒有收藏品……那是筆電嗎？唔哇，灰塵好多……你都沒有清理嗎？」

「不要亂看啊。」

自己的房間被人打量感覺怪赤裸的，為了防止她待會跑到我床底下，於是強迫自己起床盥洗，順道把入侵者趕出房間。

紫泱最後又叮嚀了一句「要快點喔」才乖乖離開。我嘆了一口氣，心想該不會以後每天早晨都要這樣度過，懷抱著擔憂走向浴室——

昨晚，我將紫泱帶回家後，暫時挪出家裡的空客房給紫泱作為臥室使用。由於父母長年在外工作的關係，目前家裡只有我和紫泱。

我還沒有向父母報備，總不可能跟他們說我收留了一個幽靈。反正也不確定她會待多久，到時候再說吧。

完成盥洗後，我換上衣服來到餐廳，隨即一股比方才更加濃郁的香氣撲鼻而來。本應鋪著餐巾、空無一物的餐桌上，不知何時擺上了兩份盤裝、切成九宮格狀的法式吐司。

吸附鮮濃蛋汁的吐司表皮煎得金黃，鬆軟地躺在純白的陶瓷盤上。除了蛋的香氣之外，還隱約摻雜一股奶油香。

晶瑩剔透的蜂蜜盛在玻璃碟子裡，靜謐閃耀著，讓人聯想到莊園灑落的陽光。馬克杯的熱紅茶，平穩地冒出白靄靄的熱氣，像在朝新的一天招手。

我訝然望著眼前這份雖不奢華，但著實令人食指大動的早點，向眼前少女問道：「這些都是妳做的？」

紫泱放下茶壺，慢條斯理地解開身上的圍裙，拉開椅子坐了下來。

「你家冰箱只有蛋跟奶油，什麼吃的都沒有，所以我就拿餐桌剩下的吐司將就了一下。你會介意嗎？」

「……不。不如說妳這麼早起，就是為了弄這些？」

「畢竟寄人籬下，好歹該表示點什麼，才能住得久一點啊。」

「我不討厭妳這麼直接。」

「咦～意思是我可以一直打擾下去囉？」

「也不是這麼說……我還沒跟我爸媽報備，要是我爸媽突然回來怎麼解釋？」

「就說你綁架了一名女高中生……啊，現在是不是流行綁架蘿莉？」

「怎麼可能！」

況且到底誰會做那種危險的事，嫌門太多。

「你不用擔心。」紫泱忽而以輕柔的語氣開口。

「我不會待太久的。」

她優雅地舞動刀叉，切下鬆軟的法式吐司。

「畢竟這裡不是我該待的地方。」

「……」我感到有些五味雜陳，同時拉開椅子坐了下來。「不……我也不是想趕妳走的意思。」

「我知道，畢竟是你邀請我的。」她的笑容看起來很自然，沒有一絲造作或責怪。

「只要完成目的，我就會離開。」

我與她的眼神對視，陷入短暫的沉默。

尋回心跳——她指的是這件事。雖然還不知道具體方法，但如果只是暫時收留她，讓她有個地方落腳，維持一陣子的現狀應該不是什麼難事。

不，方法似乎有了。我想起她昨天放學說的話。

我似乎找到恢復心跳的方法了——

她當下沒有立刻將答案告訴我，只說了「我還有件事想確認」，沒有透露更多。

「你在想我昨天說的嗎？」像是看穿我的心思，對面的少女如此問道。

我點頭，喝了一口紅茶。

「妳昨天說已經想到恢復心跳的方法了吧，可以告訴我了嗎？」希望不是什麼電擊或玩驚嚇屋之類的。

她慢吞吞地嚥下口中的食物之後，開口說道：

「嚴格來說，不是想到了，而是發現。」

「……發現？」

「嗯。」紫泱接著放下叉子，擦了一下嘴脣。「左同學，我可以問你一個問題嗎？」

不知不覺氣氛有些改變，我下意識挺起身子。

「妳說。」

「——妳對夏萱是怎麼想的？」

意料之外的人名不禁使我一怔。

「……妳說什麼？」

「你明明就有聽到。」

我聽得一清二楚，但很明顯問題不是這個。

「妳問這個做什麼？」

「你不是想知道嗎？那麼只要回答我的問題就行了。」

她的眼神像在說若要讓話題繼續，就乖乖照我說的做。我低頭思量著。

——她對我而言是什麼人？

從小就待在身邊，交情比一般人來得久，住得不算遠，儼然是好鄰居的兒時玩伴——對於這樣的關係，我有自知之明她是一個特別的存在。只是在此之上，我沒有想得那麼多。

「……像妹妹吧。」

之所以不是姊姊，是因為我無法想像她這樣的人成為我的姊姊。相較之下，整天吵著要糖吃的形象更適合她。

紫泱直勾勾地盯著我。

「你是妹控？」

「誰是妹控……」

「因為人家不是你的妹妹吧。」

「這只是比喻。」

「所謂的妹控，通常都沒有真正的妹妹。」

「我覺得妳這句話帶有歧視意味。」我撇過頭去，補充道：「我只是把她當家人而已。」

近似於家人的存在。

不論出身為何，當相識的兩人熟悉到一定程度之後，理應親近的距離感會變得模糊，並且逐漸定型。如同呼吸之於氧氣，即使不去特別留意，在心裡的定位也難以再變動。

尤其對於柳夏萱這種性格的對象，放不下的心情更是優先於所有情感，所以才會說是家人。

「哦……？」紫泱發出意味深長的低吟，「這樣啊。也就是說，你對她沒有看待異性的情感嘍？」

「……」我搖了搖頭。至此我從沒有把她當作戀愛對象看待。話說一直討論這類的話題也太讓人坐立難安了。

「所以妳到底問這些做什麼？」

「確認。」紫泱緩緩微笑道：「只是確認。」接著垂下細長的睫毛，轉換語氣。

「雖然我死了，失去記憶，化作一名幽靈。但在經過這兩天後，我認知到自己果然還是擁有人的情感。當然，或許是我擅自這麼認定而已。不過，我的確會在某些時刻感受到一絲懷念的溫暖。那像是在遙遠的以前，曾經在哪裡體會過的溫度，令人回想起和某人相處的感覺。」

紫泱淡淡地訴說，如同封面淡藍色的故事。我盯著她琉璃色的雙眸良久，想要從裡頭找出些什麼。

「你知道嗎？」忽然她笑著抬起頭。「當你在頂樓抓住我的時候，我其實有點高興。」

「……高興？」

「還有在你說願意幫我，甚至放不下心而收留我時，我也同樣珍惜，有人會關心素昧平生、非親非故的我。」

講到我都有點害羞了。

「這些種種細節，都讓我再次確認，人之所以有心跳的理由，肯定是為了好好感受這些幸福。為了能夠記住那珍貴的每一秒，所帶來的每一份微小幸福。」

她闔上雙眼——

「偶爾，我會感受到自己的心跳加快，像是有股暖流靜靜淌過胸口。」

輕輕握拳，並將其擺上自己的胸前。

「所以我想，恢復心跳的關鍵肯定就在於——找到使自己的心跳動得更加濃烈的情感。」

「…………」

「所以我才需要確認，想知道你對夏萱的想法……」

她露出柔和的神情，眼裡蕩漾著光波。

注視著那樣的眼神，我心裡頭不自覺緊張起來。在還沒來得及細想這令人有些發熱的視線所代表的含意，紫泱繼續說著。

「愛上某人——我想這就是尋回心跳的方法。所以說……左同學，我想請問你……不，我想請求你。」

彷彿有支步步進逼的箭矢正瞄準著我，我只能順著這微妙的氣氛應聲。

「請問你願意——」

我嚥下一口唾沫，等待紫泱吐出那句話。

「——幫助我與柳夏萱相愛嗎？」

「……………………………………蛤？」

「討厭，別讓人家說第二次。」紫泱的臉上浮現淡淡紅暈，難得露出羞怯的表情。

我扶著太陽穴，另一隻手按在桌上，大腦因遭受衝擊而急速運轉。

「慢著，妳的意思是……難不成紫泱、妳……」

將那從沒想過的可能性說了出口。

「喜歡的是女生——!?」

「……也就是說，妳希望跟萱交往。如果順利交往，或許就能恢復心跳。」

「嗯。」

「關於這點，妳希望藉由青梅竹馬的身分，由我來幫助妳們接近彼此，以增進好感。」

「嗯嗯。」

「原來如此。」我雙手抱胸，得到結論。「是仙人跳。」

「你到底在說什麼。」

結束早點後，我們轉移陣地到客廳的沙發。

由於一邊吃飯一邊討論有失禮貌，我提議先專心享用完早點，也好讓自己有冷靜的時間。順帶一提，法式吐司相當美味，但仍無法減緩這件事帶來的衝擊。

「沒想到妳居然對萱……」

雖然這麼說有些不要臉，如果對象是我或者何又雲，或許還不會那麼令人吃驚。沒想到她喜歡的居然是她。

「你這種想法早就落伍了喔。」

「我知道啦……我只是需要轉換一下心情。」我抬頭問道：「……為什麼是萱？」

「為什麼不？」紫泱一口反問，令我陷入沉思。

「……因為她只是一個熱衷草莓的笨蛋？」

「你們從什麼時候開始認識的？」

「國小三年級。」

「國小三年級，也就是說……」紫泱掐指一算，「你們認識了八年，結果你對她的評價只有這樣？好可憐，夏萱聽到一定會很傷心。」

「當然不是這樣啦……」我心裡清楚這只是她個性的一種體現，總是專注又富有活力，因為在某些細節比較較真，才導致她的外在活像個稚嫩的女孩。

「但妳們不是才剛認識嗎？」

「一見鍾情……是這樣說嗎？」紫泱靦腆笑著回應：「或許有點膚淺，但對於初次見面的人來說，她很引人注目。主動關心陌生人，古道熱腸又有耐心……光是這些特質，就很容易讓人暈船了吧？」

……仔細一想，或許是這樣吧。如果是普通高中男生，被女生這樣對待肯定一秒淪陷。

「更何況夏萱還長得那麼可愛，胸部又軟。」

「妳是不是說了什麼奇怪的話？」

「而且……她有點特別。」

不知道是不是錯覺，她在說這句話的時候語氣格外柔和，像是細心捧著一盆細砂。

「反而我才納悶，你居然對夏萱沒有感覺。」她轉過頭來。「我看得出來哦，她對你來說很重要吧？」

「什麼？」

「這只是我的猜測，或者說女人的第六感？你們的感情很好，但你們之間像是隔了一道牆。」

「牆……？」

「你們都有話沒向對方說。」

「什麼話？」

她將食指豎在嘴前。「天機不可洩漏，而且這種事只有你們自己才知道。」

「那就不要說得好像妳知道一樣啊！」

「呵呵，好奇的話，就來幫我跟夏萱交往吧。」

「這跟幫妳有什麼關係？」

「你負責幫我接近夏萱，我負責把夏萱的嘴巴撬開♡」

……總覺得對話往奇怪的方向發展了。

「你是不是正在想像那個畫面？」

「沒有。」

「老實承認比較可愛哦，明明昨天社團活動的時候一直偷瞄胸部。」

「才沒有一直！」

「那就是有囉？哎呀，嘴巴上那麼說，身體倒是很正直嘛。」我開始覺得這女的有點麻煩了。

她樂不可支地笑著，下一秒換上嚴肅的神情。

「既然鬧夠了，就回到正題上吧。」

「明明就是妳先起頭的！」

「你之前說要幫我的事，還算數嗎？」

「……」我低頭瞥向地板，思量著。「老實說，這種事用不著經過我的同意。」

「這我知道。」紫泱用輕柔的語氣說：「但基本程度的確認，我覺得還是必須的。」

「妳大可以不用顧慮我。」追求誰、喜歡誰，那是個人的自由，沒有人可以因此去限制誰。雖然我確實有點被嚇到，或者說一時的驚訝，但仔細想想我沒有什麼理由拒絕。

「那麼，我就當你答應嘍？」

我緩緩點了下頭。「在我的能力範圍內，我會盡量協助妳……只不過，妳得答應我一件事。」

「什麼事？」

我挺起背脊，轉過身，以認真的表情面對紫泱，正色道：「妳得保證妳不會傷害萱。這是我唯一的要求。」

「真過分的說法呢，因為人家是幽靈嗎？」

「只是以防萬一。」

柳夏萱仍是我視如家人般的重要存在。儘管認為紫泱不會做出什麼傷天害理的行為，我覺得還是必須先把話講清楚。

像是從我的眼神裡讀出心思，紫泱輕輕揚起嘴角。

「放心吧，我不會做什麼傷害她的事情的，畢竟——」

她嫣然一笑。

「我好歹也是名少女呀。」

「咦？小紫要加入排球社嗎!?」

短暫的週末過去，時間來到週一的午休時間。

與上週五相同，合併的桌子周圍圍繞著四名成員，分別是我、何又雲、紫泱以及柳夏萓。

明明只是第二次共進午餐，大家卻都在鐘響後默默圍了過來。看似自然，只有我知道這是一場扮豬吃老虎的遊戲。

紫泱是因為想要追求柳夏萓，還沒下課便頻頻對我使眼色，使我不得不注意柳夏萓的動向。

柳夏萓因為注意到我的視線，像是擅自從我的眼神裡解讀出什麼訊息，拿了便當後默默就靠了過來。

何又雲就甭提了，以兄弟當藉口，看似不經意坐在紫泱對面，絕對不安好心。

四周依然不斷射來銳利的目光，如同要射穿在座男性的頭顱。幸虧何又雲今天也努力在履行職責，坦下諸多怨恨能量。

大家開始閒話家常，焦點多圍繞在紫泱身上，話題也自然地帶到了上週的社團活動。

沒想到，或者該說是預料之內，紫泱決定加入排球社。這件事引來柳夏萱的驚呼。

「因為我覺得排球很有趣。」紫泱笑著說。

「咦咦～～真的嗎？不是因為我的關係所以勉強自己加入的嗎？不要緊的哦！再多看看其他社團也沒關係的哦！」

身為社長理應要單刀直入地歡迎新社員加入，柳夏萱卻猶如勸退般不斷揮舞雙手，她的這種性格真不知該哭還是該笑。

「沒有沒有，夏萱妳想多了，是我自己要加入的。」

「……真的嗎？」

「真的。」

「唔……！」柳夏萱不知為何露出既感動又感慨的表情。「小紫是天使……!!」

「可惡，籃球社的未來啊……」一旁的何又雲則是捶胸頓足。

「那我晚點就去學務處向活動組報備，請組長更新名單～啊，也得跟班導說聲才行。」

「謝謝，麻煩妳了。」

「不用放在心上！」柳夏萱有精神的應答，一邊打開飯盒，準備享用午餐。

「話說回來，還有另一件事……」

「嗯？什麼事？」

「放學後的社團練習，我也可以加入嗎？」

「咦……」柳夏萱手中的飯盒蓋「鏗鏘——」一聲落在桌上，像是聽見自己中樂透一樣，睜大雙眼大喊：「小紫連放學後也想加入嗎!?」

「不、不行嗎？」

「當然可以！沒有問題！超級沒有！」

「呼～」紫泱輕吐氣息，面露笑容。「太好了。」

「嗚嗚，小紫真的是天使……可以抱緊處理嗎？」柳夏萱雙手不安分地舉在空中，搭配奇怪的表情。

紫泱視線游移，「我、我不介意喔……？」

「我介意，慢著。」便當都快被妳弄翻了。不要整個人靠在桌上啊。

「小左沒資格發表意見！」

「太不講理了吧？」我只是顧及大家的午餐，卻招來柳夏萱的劈頭痛罵。

「還不是因為小左平常都不出席，總是敷衍我，才會演變成這個樣子！好不容易有人對排球展現熱情，感動是理所當然的吧！還有不要無視我擅自吃起便當來!!」

抱歉，但我真的無話可說。

「呵呵，左同學也會一起加入哦。」

「…………？」我咬著鐵板麵條抬起頭，望向不知道在說什麼鬼話的紫泱。

「蛤？」「咦——!?」和柳夏萱不約而同發出驚呼。

「咦？你上週不是這樣跟我說的嗎？說偶爾動動身子也不錯，還考慮放學後留下來練習。」

這女的在陷害我！

「小左，真的嗎？」

「呃……」我搔了搔頭，忽然後悔為什麼自己答應要幫忙。「對啦……幾天的話還可以。」

柳夏萱不斷眨著又大又圓的金眸，而後倒抽一口氣，身體倏地前傾，一點都不在乎被弄倒的便當。

「——那就從今天開始喔！」

露出燦爛無比的笑容。

放學後，我依約來到排球場。

我和紫泱跟著柳夏萱，與場上的排球社社員會合。今天似乎要舉行練習比賽，在場成員將會分成兩隊競賽。

「夏萱，這樣好嗎？」

熱身到一半時，紫泱語帶擔憂地詢問。

「嗯？什麼意思？」

「就是……會不會拖累大家？」紫泱摸著下臂，大概是指自己剛學會排球這件事。

「喔～不用擔心！」柳夏萱胸有成竹地回答：「大家都會 Carry 妳的！小左你說對吧？」

「為什麼是我——好痛！」柳夏萱踹了我一腳，在我耳邊小聲道：「笨蛋小左，不要讓紫泱擔心啦！」

「……啊。」我忽然瞭解為什麼今天的自主訓練會臨時改成比賽的形式了。柳夏萱是為了紫泱才這麼做的，為了讓她迅速融入團體，真是貼心。

「……嗯，好好享受吧。」我比了一個沒力的讚。

「小左真是的……」柳夏萱咕噥道，隨即轉往紫泱：「不用擔心，只要記得上週學的，基本上什麼球都可以接得到！」

兩人轉而在旁邊複習上週教的低手接球姿勢。在我心想柳夏萱真的很照顧紫泱的同時，我一百八十度轉過身去。

「話說，為什麼你這傢伙也在？」

一派輕鬆拉著腳筋的何又雲看了過來，亮起微笑比著隔壁的籃球場。

「剛好籃球社暫停練習，我就過來串門子了。」

「我可不記得你會參加什麼籃球社練習。」

「別這麼說嘛。」何又雲豎起大拇指，展露潔白皓齒。「和兄弟一起打球不是理所當然的嗎！」

他的動機已經不純到我懶得說他了。

算了，反正也沒壞處。何又雲的運動神經發達，若是可以和我一隊就安心多了。

「…………」

分組結果，我與柳夏萱同一隊，紫泱與何又雲則在另一隊。

紫泱看起來有點不悅。反觀何又雲，嘴角上揚得跟黑鮪魚一樣。我怎麼會用這種形容詞？

「紫泱同學，請多指教。」

「何同學，你也是。」

「不用擔心，我會好好保護妳的。」

「我沒有在擔心這個唷？」

……是錯覺嗎，總覺得氣氛有些劍拔弩張，是因為沒有順利跟柳夏萱分到同一隊嗎？

我瞥向身旁的柳夏萱，不經意與她四目相對，見她嘿嘿笑著。

「沒想到能跟小左一起打排球。」

「是啊，沒想到我會在這裡。」

「簡直比宵夜不吃草莓剉冰還要離譜呢。」

「不，宵夜吃草莓剉冰才離譜吧。」

「小左不要扯後腿喔～」

「是是……」

雙方就位以後，比賽哨聲響起，由對面先發。

我與柳夏萱位於後場，沒意外會由我們進行第一球的防守。果不其然，球往我的方向飛了過來。

我立刻蹲下膝蓋，豎直雙臂迎接球的到來，結果球碰到我的右臂後往場外飛了出去，對方率先奪得一分。

「……抱歉！」

「No mind～」「沒事！下一球。」

場內隊友和善地朝我揮手，一旁的柳夏萱笑嘻嘻地說：「小左好廢。」

這是在報復平常的仇吧？好歹我們現在是隊友耶，可以用鼓勵取代奚落嗎。

對面第二次發球，沒想到這球又朝我飛來，我趕緊移動腳步到球落下的位置，不過這次球依舊沒有照預期送回我方網前，而是朝左半邊飛去。

「——我來！」

位於左側的柳夏萱第一時間衝了出去，將球救了回來，由其他隊友送過。飛過去的球恰好落到紫泱頭頂上，只見她專心盯著球，採取高手姿勢等待球的墜落，不過大概是兩手擺放高度不一，球沒有得到均衡的施力而落地，我方得分。

「沒事沒事。」「別在意！」

對面的人也知道紫泱是新手，給予正面鼓勵。紫泱在對面朝柳夏萱露出求救的眼神，柳夏萱則是雙手合掌表示歉意。

等等看看有沒有辦法讓她們兩人同隊好了。

我如此心想，輪轉一個站位，繼續下一輪接發。

經過幾輪的攻防之後，大概是身體也熱開了，雙方攻擊有愈來愈猛烈的傾向。由於位於女網場地，潛規則是有身高優勢的男生不能在網前三米起跳擊球，而且禁止攔網，否則算犯規。

換言之，會殺球的女生簡直無人可擋，我還是第一次看到柳夏萱如此可靠的模樣。

配合著我方隊友（除了我）的防守，柳夏萱助跑、起跳和揮擊一氣呵成。明明身高矮小，她卻像是不受高度和地心引力的限制，不斷於前後場殺球得分。

並非是我瞧不起她，她的運動神經不差，尤其在上國中之後脫胎換骨，只是能有這樣精采的表現，就連外行人的我都知道，這肯定不只是仰賴身體資質，背後一定也付出許多時間和努力。

她是在什麼時候……

「——小左！」

在我想著這些而恍神的時候，一顆殺球朝我奔來。反應不及，我胡亂抬起雙臂阻擋，「——咚！」的一聲，前臂傳來痛楚，球朝場外噴飛。

這球大概出界了吧——就在我如此心想、身體擅自放棄時，一道嬌小的影子竄了出去。

飛揚的兩束馬尾掠過眼前，如火燒的髮絲奔騰飛舞。

——柳夏萱穿過我的面前，以迅雷不及掩耳的速度撲向球的落點。

「啪擦——」

身體磨向地板，發出巨大的摩擦聲音，柳夏萱整個人撲倒在地，執拗的右手弓起，使出渾身解數將球打回場內。

「嘿呀————！」

「我來！」其他隊友隨即跟上，配合一氣呵成的後仰舉球及前排扣殺成功得分。

「好球！」「Nice ball!」

隊友互相鼓舞，我快步往場外的柳夏萱走去。

「喂，萱，妳沒事吧？」

「沒事沒事。」她嬌小的手掌回握住我伸出的手，溫熱的觸感傳來。

「嘶——」緊接著她像是觸電般收回手，身子縮了一下。我拉過她的手一看，掌根的位置擦傷了。

傷口不大，也沒有流血，只是有點破皮紅腫，用清水清洗應該就沒有大礙。只不過……

「妳幹麼這麼拚啊……」

我用帶有些許無奈的語氣這麼說道。雖然有一半是我害的，但不過是練習而已，又不是正式比賽，有必要這麼拚命嗎？

她苦笑著收回手，撫著自己的手掌。

「因為球還沒落地嘛。」

「……？」

我眨了眨眼，只見柳夏萱撐著地板爬起身，拍了拍自己的衣襬，咧嘴笑道：

「只要球還沒落地，我是不會放棄的哦！」

沒等到我回應，她便逕自跑回場內，與其他隊友擊掌。

留在原地的我愣愣望著她的背影，不自覺露出苦笑。因為很少跟她打排球所以沒注意到，這本來就是她的個性。

我跑回場內，也和柳夏萱擊掌之後，轉動了幾下脖子和肩膀。

稍微認真一點吧，要是再失誤的話就太遜了。

第一場練習賽結束。多虧柳夏萱的活躍，或者說過頭的賣力，我方以二十五比十六獲勝。

雖然中途稍微鼓足一點幹勁，但果然靠氣勢是沒用的，貧弱的球技還是讓我連連失誤，只能說我盡力了。

接下來雙方交換場地，準備進行第二場比賽。

「萱，等一下。」交換之前，我喚住柳夏萱。「妳要不要去對面和紫泱同隊？」

「嗯，我也是這麼想的！」

看來擔心是多餘的，她和我大概都在想同一件事。

「那我去跟對面說一聲！」

「嗯，謝啦。」我隨意揮手致意，柳夏萱卻沒有立刻移動腳步，而是杵在原地默不吭聲。

「……萱？怎麼了。」我回頭詢問。

「咦……啊，沒事~那我過去嘍，小左要記得看球喔！」

「放心吧，我一定會躲得遠遠的。」

柳夏萱又嘟起嘴來。「小左沒出息……」

「要好好愛護身體才行。」

「愛護就要多運動啦！真是！」柳夏萱抱怨完之後跑向對面，十秒後換來一臉不滿的何又雲。

「搞什麼啊，我為什麼非得要跟你同隊不可？」

「剛剛是誰說要和兄弟一起打球的？」

「佳餚還需有美酒啊～」

十五分鐘後，我方慘烈地以十一比二十五吞下敗績。

原因不用說明，戰神柳夏萱大開殺戒，無人能擋。她去了對面我才明白，能和她當隊友是多麼幸福的一件事。

儘管沒有自覺，她剛剛大概是下意識顧慮著紫泱而沒有使出全力，反觀這場她簡直殺紅眼，每一球都卯足全力在催。

我的手臂跟臉到現在都還在痛。

原本指望運動神經發達的何又雲能起點作用，而他確實也打得不差，但不知為何時十球到他那裡，有十一球都會飛向紫泱。

就算是餵球也太明顯了……我是不是應該找個機會跟他坦白其實你沒機會？

夕陽逐漸西沉，比賽告一個段落後，大家坐在場邊休息。

「呼啊～好累～口渴死了。」雙手撐著地板的柳夏萱朝天喊道。

「要喝水嗎？」

「咦？太好了～我今天忘記帶，謝謝小紫。」

接過紫泱手上的礦泉水，柳夏萱立刻抬高瓶底，結果一不小心用力過猛把水灑了出來。

「噗咳……！」嗆到的柳夏萱連忙擦拭瓶身和衣襬，露出有些不好意思的笑容。「抱歉！」

紫泱輕笑出聲。「妳可以直接喝沒關係哦。」

「咦……可是……」

「沒關係，我不介意。」

「這、這樣啊，那就……」大概是真的很渴，柳夏萱不加思索將瓶口對嘴，咕嚕咕嚕地喝了起來，紫泱在一旁露出柔和的神色。

「啊，有葉子，不要動喔夏萱。」

這時紫泱看見對方頭頂的落葉，伸出手指輕輕捏起，被如此告知的柳夏萱則維持喝水的姿勢不動。

「好了。」

「噗哈——！」

放下水瓶的柳夏萱大口喘氣。

「妳怎麼了？」

「剛才忘記呼吸了！差點死掉！」

「噗。」大概是覺得她的反應很有趣，紫泱忍俊不禁，柳夏萱見狀也跟著笑了出來。

看著相視而笑的兩人，我的嘴角也不自覺微微上揚。她們的關係似乎因為這場比賽變得融洽。

跑道的紅塵隨風飄揚，樹梢擺動發出嘎吱嘎吱聲響，微風親暱地平撫著肌膚。橙色餘暉渲染著她們的身影，將影子拉得細長，元氣的笑容與優雅的瞇眼，在夕暮的襯托下顯得格外柔美。

她替她拍下頭頂的落葉，她朝著她手指的天空抬頭。

眼前的光景美好得令人不禁希望時間的流逝能再緩慢一些。這不是抽象的比喻，輕柔的耳語再過幾分鐘就會停止。

紫泱必須在太陽完全下山之前離開，否則就會穿幫。

想必在場所有人，都不會料到自己的隊友是名幽靈，更不會想到有人的青春僅限於地球轉動的那半圈吧。

眼前的平凡，有時不如表面上的理所當然。

望著紫泱揮手獨自離去的背影，我不禁如此認為。

第四章　巷弄裡的向日葵

接下來的幾天，紫泱與柳夏萱幾乎可說是形影不離。在校園的各個角落，總能看見兩人的身影同時出沒。下課時的女廁轉角，上課時的分組座位，面對面的午餐時光，以及萬惡的課後練習。

說跟屁蟲也不太準確，畢竟這並非紫泱單方面造成，柳夏萱也會主動顧及她，就像相識多年的好友一樣，只要是分組作業或報告，兩人都會很有默契地待在同一組。

或許是身為班長的使命感使然，有意不讓新同學落單，而她的性格也本是如此，不過看在眼裡，仍令人感到有些神奇。

就像貓和狗親暱地處在一塊一樣。

照這樣的情形發展下去，說不定有一天紫泱期盼的結局真的會發生。看著這一週以來的她們，我不禁如此認為。

十二月二日，星期四，晚上八點。

晚餐後的休息時間，我突然被紫泱叫出房間，來到客廳沙發。看起來有話想說，見紫泱一副苦惱的神情，於是我沖了兩杯熱紅茶，當作飯後茶點暖和胃部。

坐到沙發上，我將其中一杯遞給紫泱，自己也捧起馬克杯身緩緩啜飲，等待紫泱開口。

「噯，怎麼辦……」提起杯把卻沒有就口，紫泱盯著熱騰騰的白煙，露出有些黯然神傷的表情。

「怎麼了？」

「夏萱都不跟人家親親。」

「——噗！」紅茶噴了滿桌。

「怎麼了，你也想親？我不會讓給你的。」

「說這什麼鬼話！」我連忙拿衛生紙擦拭乾淨。

「我是認真的。」紫泱卻以澄澈的眼神宣示她的立場。

我嘆了口氣，重新抬眼。雖然這樣說，但我大概知道她想表達的意思，能不能別用這種驚人的開場白來表述問題。

「發生什麼問題？我看妳們不是相處得挺好的嗎？」

「是這樣沒錯啦，但是夏萱都不跟人家親親……」

「所以說不要突然跳過那麼多步驟啊。」我捏著眉間痛苦地說。「妳們還不到那種程度吧，一下子就說要親嘴，想嚇死誰。」
「我是不受常理束縛的女人。」
「不要找藉口！」
無視我的吐槽，紫泱捧起茶杯端詳，盯著杯緣說道：「我覺得不太夠。」
「什麼不太夠？」
「心跳。」
「……心跳？」說起來，她接近柳夏萱並希望與她交往的目的，就是希望能夠藉此恢復心跳。
——濃烈的情感。這是紫泱得出能讓心跳恢復的關鍵，也就是說，她在這方面遇到了困難嗎？
「還是沒有好轉嗎？」
「你要聽聽看嗎？」沒等到我回應，紫泱直接湊了過來。
和第一次見面一樣，她將手撐在沙發上，胸口逕自往我的臉上貼近，傳來淡淡的香氣。因為一手端著茶杯，我沒辦法隨意亂動。
「喂……！」
「噓，不要動。」
「什麼不要動……妳又……」
說歸說，現在是夜晚，我碰不到她，只能任由她擺布。我可不想穿過女孩子的身體。

逼近的氣息終於停止，聲響隨之傳來。

……咚……咚、咚……咚、咚……咚、咚……

微弱的心跳聲。

就如同第一次聽見這道聲音一樣微弱。只不過，有些不同。

比起第一次要強勁多了。

若之前是如同打落在池面消融的雨水，這次就好比是落在荷葉上的露珠，發出輕巧而飽滿的聲響。

這想必是與柳夏萱朝夕相處造成的影響。

話雖如此，她的心跳聲比起一般人，仍舊微弱太多了。

「聽到了嗎？」耳畔傳來紫泱的輕呼。

「……聽到了，可以了。」

紫泱坐回原位，瞇眼笑了笑。「就是這樣。」

「……拜託妳下次不要這麼做了。」這對我的心臟很不好。「不過確實，還有進步的空間。」

「所以我覺得必須下猛藥，奪走夏萱的嘴唇才行。」

「太快了啦！所以說妳不要那麼猴急行不行！」

頭真的好痛。

我深呼吸，重新面對現在的情況。「一步一步來，妳現在遇到的問題是什麼？」

「我覺得夏萱好像只把我當成一般朋友。」

「這……還挺合理的？」同性之間互相接近，情況大多如此，除非有人採取進一步的行動。

「也就是說，因為停留在普通朋友的身分，妳覺得沒辦法讓心跳更進一步恢復嗎？」

「因為普通朋友沒辦法親親嘛。」

「夠了，妳是色鬼嗎。有沒有具體的例子？」

紫泱撇頭想了一會，側過身來正色道：「像是她吃飯都不會餵我，一起走的時候不會牽手，上廁所不會跟我同一間，還有看我時也不會露出想要的表情。」

「妳的難度太高了吧！能不能舉些正常的例子？」

「抱歉，最後一個是開玩笑的。」

「上廁所同一間是認真的嗎!?」妳真的很讓人擔憂。

「可是，如果沒有進展到這種程度，一定沒辦法……」她捧起紅茶溫熱掌心，垂下眼眸，真正流露出擔心的神色。

「要讓心跳恢復，光靠現在肯定是不夠的。」

雖然八成都在胡言亂語，但她說得沒錯。紫泱的預期是希望讓兩人進展至交往的關係，藉由這樣的方式恢復心跳。

在這樣的前提下，要如何從「一般朋友」的身分，跨越到將彼此視為「戀愛對象」看待，成為了首要課題。既然今天紫泱主動提起，勢必是希望透過我對柳夏萱的瞭解提出解法，只不過……

這種事對於沒有戀愛經驗的我來說未免太難了一點。

不要說是同性了，我連異性之間要如何發展情愫都毫無概念。

「…………」

遲遲想不到辦法的我，使現場陷入沉默。

「啊。」忽然間，我靈光一閃，腦海浮現了某張臉孔。

「紫泱，給我一兩天時間。」

「哦，想到了什麼好辦法嗎？」

「算是吧，但妳不要抱太大期望。」

「聽上去很可靠呢，那就萬事拜託了。」

「妳有在聽我說話嗎？」

「沒有啦，我只是覺得如果左同學辦不到，那我大概也沒其他人可以指望了。」

「妳是故意的吧？」

「呵呵，我會繼續做美味的早餐犒勞你的。」

「是是……」

我將紅茶一飲而盡，準備回房間之際，紫泱叫住了我。

「對了，左同學，你能借我筆電嗎？」

「是可以，妳要做什麼？」

「沒什麼，閒著也是閒著，想說可以上網。不方便嗎？」

我想了一下，搖搖頭。「不會，我待會拿給妳。」

「謝謝。」紫泱起身連同我的杯子一起收走，拿到廚房清洗。

回到房間，我來到書桌前，將堆放在置物架裡的筆記型電腦抽了出來。手往上一抹，擦出一層厚厚的灰。

上一次打開不知道是什麼時候了，放這麼久大概也沒電了，把充電器一起交給紫泱吧。

我依循著記憶尋找充電器，拉開底層的抽屜，翻動裡頭雜物，隨即看見充電器被某個黑色物體給壓住。我伸手把它扳開，卻在指尖觸摸到的瞬間停止。

是當初跟這臺筆電一起購入的黑色電繪板。

一股刺痛的感覺襲上心頭。

我當作什麼事都沒發生，迅速將充電器拿了出來，關上抽屜。

隔天午休，我趁吃飽飯的空檔向何又雲搭話。

「欸，我問你。」

雖然感覺有些不可靠，不過是他的話或許能給出什麼有用的建議。我抱著這樣微妙的心情，打算問問他的想法。

「天生的，外加後天保養，每天睡前至少花十分鐘打理，依序是化妝水、精華液和凝露，然後每晚使用水楊酸代謝老廢角質，面膜則是一週……」

「我對你的臉沒有興趣。」

「那是關於桃花運的訣竅？其實，所謂桃花運並不是運，後天努力才是重點，像我每天都會對著鏡子練習表情和神韻，為的就是……」

「我要走了。」

「欸好啦，真沒耐心。」

若不是我沒有其他朋友了，實在懶得找他，每次對話都讓腦神經衰弱。

我們坐在教室後走廊的半圓環石椅上，一旁洗手臺擠滿清洗餐具的人潮，我盡量用稀鬆平常的語氣問道：

「你覺得，要怎麼讓同性之間跨越彼此的障礙？」

——何又雲往後退了一步。

「……你幹麼？」

「很抱歉，我知道自己面相姣好體格優良待人幽默風情萬種玉樹臨風，散發的雄性荷爾蒙總是不禁讓女性著迷，但我萬萬沒想到這種事居然會發生在身邊的同性友人身上。」

「不要繞一大圈誇讚自己，還有你誤會了。」

「不然你要說什麼？」

「假設今天有一對同性友人，兩人交情要好，但其中一人卻對對方抱持著戀愛情感，並有想要與她有更進一步發展的念頭……在這種情況下，你會怎麼做？」

——何又雲驚恐地手扶屁股退到隔壁班的後走廊。

「就說你誤會了！我對你的屁股才沒興趣！」

我的這句話不知為何引起隔壁班某一群女生的驚呼，好一陣子才安頓下來。

「嗯……也就是說，你想問的是有沒有方法，能讓原本是同性朋友的兩人變成戀人？」何又雲回到石椅上，手抵著下巴，總算認真思量起我的問題。

「大概就是你說的那樣。」

「呼……這樣啊？」何又雲想著想著，不知為何看向我，挑起眉梢，露出帶有深意的表情。「怪了，左離鳴，你是會關心這種事的人嗎？」

我心頭一驚。「昨天看的小說剛好有這段劇情，所以有點好奇罷了。」

「哼……？」何又雲沉吟著，露出不信任的眼神。隨後他頭一轉，似乎沒打算繼續追究。「坦白說我沒什麼經驗，是個難題呢。」

「我想也是……」果然這類問題，還是要請教有經驗的女生嗎？

「不過換個角度想，不管是異性同性，我想都是一樣的吧。」

「咦？」

「不論是異性或者是同性之間，我覺得『人心』都是一樣的。愛與被愛，追求與等待，所展現出的行為與擁有的情感，並不會因為性別而有所差異。」

他以篤定的口吻說著，彷彿是斬釘截鐵的道理。

「所以我想遇到類似問題，也不用思考得太複雜，把它當作一般的戀愛情感來處理就可以了。」

「……沒想到你會說出這種話。」

「啊？我難得認真欸，你這什麼態度。」

「不，我只是在想如果你這麼懂，怎麼到現在都還沒交到女朋友。」雖然他外表輕浮，總是不停搭訕女孩子，但似乎並沒有與任何一人真正交往。

只見何又雲微笑沉默，忽而遙望遠方的天空。

「因為我這輩子只會愛一個女人。」

「……」

「這男人超帥氣的——你剛剛是不是在這樣想？」

「原本要對你改觀了，現在三觀全毀。」你果然還是那個殘念的花花公子。

「不過，就算你這麼說，還是有點沒頭緒。」

「姑且問一下，你看的題材是ＢＬ還是百合？」

「百合。」聽見我這麼回答，他才放心地把擋在屁股的手收回。這梗是要玩幾次。

「這樣的話還好處理一點。」

「怎麼說？」

「舉個例子吧。看到一對男高中生在路上手牽手，你會有什麼想法？」

「他們是情侶吧。」

「有一般朋友的可能性嗎？」

「沒有。」我果斷地回答。「除非兩人在曖昧，基本上不可能。」在社會的目光與期待下男性間是做不出這種舉動的，一部分也歸咎於基因。

「那一對女高中生在路上手牽手呢？」何又雲接著問。

我思忖了一會，理解了他在說什麼。「這樣啊，兩種都有可能。」

不論在學校還是放學後的街道，女生跟女生手牽手的畫面並不算少見，卻很少因此會起疑她們是情侶，通常只會認為是感情很好的姊妹。

何又雲輕點下巴。「也就是說，女性跟女性之間，本來就能夠做到相較起男性之間更接近情侶的行為，而且不會引起非分之想。」

「嗯……你說的我懂。」

「換句話說，若是某方在這之後察覺到對方的心意，會帶來一定程度的衝擊，間接審視自己是否也對對方存有戀愛上的情感。」

「你是說類似越界的概念嗎？」

何又雲點了點頭。「平常不會摸手，卻突然摸了手，本應與異性共度的節日卻相約出門，之類的行為。」

「那接吻呢？」

「可以不要這麼猴急嗎？」看吧紫泱。

「大膽地做出像是情侶間會做的事，創造察覺彼此心意的機會。再來遵守戀愛的通則——投其所好，讓對方感覺被在意，剩下的就是順水推舟了。以上，我的淺見。」

俐落地下達結論，這種不拖泥帶水的風格挺有他的作風，要是他平常也少一點廢話就好了。

「你在幹麼？」

何又雲將手撫在下臉頰和下巴，眼神煞有其事地看向前方，但前面只是一片牆壁。

「我真是太佩服我自己了。」

「喔……這跟你的動作有什麼關聯？」

「不覺得很有大人的風範嗎？假裝不戳破對方的祕密，也不追根究柢，憑藉自己的經驗以一段通順的大道理和舉證迅速剖析問題，卻不給出具體答案，最後再不負責任地兩手拂袖而去，不求回報，只求眼前這名曾經的自己不再重蹈覆轍……這種自我滿足的行為簡直帥斃了。」

「我都聽不出來你到底在褒還是貶了。還有你這只是中二。」

「總之。」他做作地站起身，此時恰好鐘聲鈴響。「好好煩惱吧，少年唷。」

「誰煩惱了，就說是小說情節。」

「我沒說什麼啊。」他笑得令人生厭。

「你以後一定會成為討厭的大人。」

「大人……是嗎？」

不知為何，他又看向遠方的天空。

下午的美術課，我們來到地下一樓的專科教室。

今天的課程主題是水彩，美術老師要求我們利用課堂兩小時的時間，繪製一幅不限主題的水彩作品。

自由入座之後，大家開始思索各自的主題。過沒多久，紫泱率先合掌。「好，就決定是夏萱的肖像畫了！」

「……咦!?」

坐在她旁邊的雙馬尾少女驚呼一聲。

想當然耳，鮮少有人會選擇如此困難的主題作畫，會這麼做的人，要不是想畫一張醜不拉嘰的圖譏笑對方，就是對畫技相當有自信。然而想必紫泱兩者皆非。

「小紫，為什麼要畫我……？」

「我有預感這會是一幅好作品。」

「咦……我一點都不這樣認為？」

沒有理會柳夏萱的疑慮，紫泱的眼中頓時燃起熊熊烈火。「就用這幅畫來讓夏萱淪陷……」

「小紫，妳說什麼？」

「什麼都沒有喔。」下一秒，紫泱將水彩筆沾溼，直接省略草稿的步驟，利用膚色顏料開始作畫。

她的筆觸相當柔軟，有如遨遊的金魚，在紙上迅速畫出輪廓後，再利用相同的顏色將線條內的空白全數塗滿。

不出幾分鐘，初稿便完成了。

「那、那個，小紫。」一旁的柳夏萱遲疑地問：「……人家的衣服呢？」

紫泱豪爽地在水彩紙上撇出一名女性的天體。

如果她不是笨蛋，不知道下得如此厚重的顏料沒辦法再用其他顏料覆蓋，那就是她有意為之要把對方畫成裸體。答案顯然是後者。

——大膽地做出像是情侶間會做的事，創造察覺彼此心意的機會。

她到底把我中午告訴她的那段結論扭曲成什麼意思了……對她而言，互畫裸體是情侶之間會做的事嗎？

「別開玩笑了，夏萱的美麗容貌豈能被衣物所遮蔽，簡直是暴殄天物。」

「怎麼這樣……」

「話說回來，夏萱。」紫泱用認真的口吻，朝柳夏萱投以殷切的眼神。「我能摸一下嗎？」

「咦，摸什麼？」

「妳的身體。」

「欸？」「蛤？」「喔喔！」所有人同時出聲。

「因為被衣服遮住，看不到實際的身體曲線嘛～總不能叫夏萱脫，所以想說用摸的～♪」令人衝擊的思考邏輯！

柳夏萱連忙揮手。「不、不行啦！太害羞了……」

「不行嗎……那腰可以嗎？」

「我怕有小腹……」

「屁股呢？」

「屁股也不行！」

紫泱露出失望的表情，抬頭以溼潤的眼眸注視柳夏萱。「那……臉頰就好？」

「咦，臉、臉頰的話……是可以啦……」柳夏萱說著，也不自覺羞赧地低下頭去。

等等，臉頰不是看得見嗎？

「那就……」說完，紫泱伸出右手，輕輕撫上柳夏萱的臉蛋。

「……！」像是觸電一般，柳夏萱眼神瞥向一角，緊抿嘴脣，擺出受人擺布的表情。

紫泱來回撫摸，甚至連左手也用上了，最後整個捧住柳夏萱的臉頰。

「小紫，還沒好嗎……？」

「還沒，再一下子。」

總覺得她會在下一秒把整張臉貼上去。

我往旁邊不經意一瞧，發現全班的目光都往這裡聚集了過來。

嗯，我懂你們的心情。

不知不覺間，大家像是受到這幅畫面所啟發，竟靈感泉湧，接連想到各種主題，紛紛投入創作之中。

過了大約半節課，等紫泱放過柳夏萱後，我們這一桌的組員才得以專心作畫。紫泱貫徹始終，好好地將那幅天體畫完成，第一個繳交作業。

柳夏萱以「草莓王國」作為主題，描繪和樂融融的草莓家園。構圖看似複雜且生動，但一言以蔽之就是一堆草莓。

何又雲的主題是「被眾人追捧的孤傲明星」，以自己為中心主角，畫滿了聚光燈以及蜂擁的人潮作為背景，簡直不要臉到家。

不過不論旁人如何解讀，大家都各自選擇符合自己風格或是有興趣的內容作畫，沉浸在自己所謂的「藝術」裡。

沙沙、沙沙、沙沙沙——

鉛筆的摩擦聲不斷響起。

唰、唰唰——撲通。

洗筆盤的清水變得汙濁，取而代之紙上的色彩愈加繽紛。一眼望去，所有的空白面積正逐漸減少，轉化為各式各樣的作品。

反觀眼前的紙張，連一條線都還沒撇上。

「離嗚，怎麼還沒動筆？」此時，美術老師來到我身邊關切。

「那是……我還沒想到。」

「想不到適合你發揮的主題嗎？」

他用些微沙啞的聲音笑著，引來同桌組員的側目。我當作沒看到，苦笑回應：

「不，只是單純還沒想到。」

「這樣啊。」美術老師微瞇眼睛，以懷念的口吻道：「你以前交作業的速度可都是最快的。」

「……」

「啊，還是說一張不夠，要兩張才行？」他開玩笑似地說著。一想到他有可能是真的這麼認為，我只能回以尷尬的微笑，來面對同是自己高一的美術老師。

「老師，小左感冒了，腦袋很鈍所以還沒想到！」此時，柳夏萱舉起手來替我緩頰。

「這樣啊。最近天氣變化大確實要多注意，如果不舒服就去保健室，下次再交就行。」

「謝謝老師。」

留下一句叮嚀後，美術老師背著手離開，我這才放鬆下來。

我與柳夏萱四目相接，她只是咧嘴一笑，隨即低頭回到紙張上。何又雲與紫泱也若有似無地瞄向我這裡，沒有多說什麼。

刻意不與他們對上視線的我，只是依舊低頭望著空白的平面，繼續在荒蕪的腦海裡尋找方向。

結束今天的排球社練習後，我在公車站等待回家的公車。這時，從馬路對面傳來響亮的聲音。

「小左～等等我！」

柳夏萱在對面揮手，等綠燈號誌亮起後穿越馬路。

此時天色已經暗了，冬天的夜晚總是來得特別快，她的兩束馬尾卻像是活力不減般隨著腳步躍動。

「要回家了嗎？」

「嗯，累死了。」

「說得也是，今天沒什麼休息嘛。」她一笑，隨即公車到站，我們乘上公車。

通勤時間人滿為患，我和柳夏萱好不容易才擠到稍微舒適點的角落。

窗外的街景緩緩流逝，拉成一條線的路燈不斷晃過眼底。我們注視著相反的方向，面對面站著，身體挨得有些近。

不知道是不是某種默契，或是擠到沒有空間拿出手機，我們只是將視線投向對方身後，靜靜聽著引擎轉動。

幸好現在是冬天，我在心裡慶幸。

「……小左最近很勤奮呢。」

不知過了多久的空白，柳夏萱率先以微小的呢喃打破沉默。

「勤奮？」我同樣小聲地回應。光是這樣就能聽得很清楚。

「明明之前都不肯來的。」

「……」

她指的肯定是放學後的排球練習吧。

原先不只是自主訓練，就連社課我也一概不會出現。柳夏萱好幾次邀約都被我回絕後，自然就變成放任的情況。

說實在有些過意不去，我很感謝即便這樣她依舊願意幫我點名，我才得以光明正大地蹺課，窩在舒適的角落裡。

然而這一週以來，因為某人的關係，好不容易建立的平衡被破壞了。我一反常態地乖乖參加社團活動，會招來懷疑也是理所當然。

「不是說了嗎，我覺得偶爾動動身體也不錯，活絡一下筋骨……」

「騙人，小左才不是那麼積極的類型。」

被無情戳破了。

「難道是因為班際比賽快到了，小左想要多練習？」

啊……對喔，還有這回事。

「被妳發現了，畢竟在候補名單上，想說趁機會好好練習，避免正式上場的時候──」

「小左。」柳夏萱冷冷的聲音傳來。「我們班早就輸了。」

「…………」

她無奈地長嘆一口氣。

「真是的，小左居然想騙我，好過分！」

「不，那個是……」

「說吧！」她冷不防地提高音量，「你是不是喜歡小紫！」

我一愣，沒料到她會說出這種話。「妳在說什麼？還有妳太大聲了啦。」

多虧她鏗鏘有力的語調，引來了周圍乘客的目光。你們不要這種時候才把注意力從手機螢幕上移開好嗎。

「不是嗎？明眼人都看得出來喔，明明剛認識不久卻走得很近，偶爾會竊竊私語，甚至一起消失在後走廊！」

「妳是監視器喔？」

她嘟著嘴。「只是剛好看到而已……」

雖然我對此說法抱有疑問，但再追問下去似乎會招來反效果，現在還是保身要緊。

「我只是帶她去熟悉一下校園而已。」我不想說謊，但不得不這麼做。

「真的嗎……？」

「妳不也是因為這樣，才會在第一天找她一起吃午餐，還介紹她到排球社嗎？」

「唔，話是這樣說啦……」

儘管如此，她還是露出有些不能接受的表情。「小左你……真的嗎？對人家沒意思……？」

「真的。」說來慚愧，是她對妳有意思。

「這樣啊……」她低著頭，像是反覆與自己確認，而後抬起眼。「好吧，我相信小左。」

「妳的語氣可以再更有信心一點。」

「是小左所以我才相信的喔。」

誠懇的口吻配上圓潤的雙眸，使我一時不知該如何反應。「……謝啦。」結果只能用這種不上不下的態度回應。

「但還是很奇怪。」她說起中午時與何又雲相似的話。「明明平常都不關心班上的事務，排球比賽輸了也不關心，卻會帶轉學生認識校園？」

「我好歹是學藝股長嘛。」

「工作範圍也太廣了點!?」

「畢竟學藝股長又叫工具人股長。」前一句在胡扯，但這句是真的。

「聽起來很可憐？」

「還不是多虧某人所賜。」

「唔……對啦。」她搔了搔臉頰，嘿嘿笑道。「畢竟小左當初會接上這個職位，是我硬推你上去的嘛……嘿嘿。」

那是剛開學沒多久，學期初的事。

九月時剛分班，升上高二，當時我們正在遴選班級幹部。首先是柳夏萱舉手自願當班長，沒想到選上後她竟然直接把我拱上臺當學藝股長。由於剛分班的緣故，大家在不熟識的狀況下不會有太多意見，我便順理成章地接下這個職位。

我並沒有因此感到不滿或是氣憤，畢竟只是個掛名義的打雜工，之前也曾在國中和國小擔任過。只是，柳夏萱從沒有像這樣沒經過本人同意就擅自做決定，因此當時更多的情緒反而是納悶。

回憶著不久前的往事，公車不知不覺到站，我們下了車，走在路燈照亮的街道上。

擺脫令人有些窒息的密閉空間，終於呼吸到新鮮空氣，柳夏萱伸了個大懶腰。

「嗯～！總覺得，我們很久沒像這樣了呢。」

「是啊。」

雖然彼此住家只距離兩條街，上學也偶爾會遇到，但像這樣放學後搭乘同一班公車回家，不知道是多久前的事了。

不過，我想她說的不只是這個意思。

我們穿越馬路，走進一座公園。這是回家的必經之路，也是我們熟悉的場所。我們兩個穿梭在樹叢與設施之間，腳踏富有彈性的地墊。

晚上的公園陷入沉寂，只有零散的學生與上班族路過，不見小孩與老人。印象中總是蟬鳴不已，此刻卻只有不遠處汽機車呼嘯而過的噪音。

我們似乎各自在想些什麼，不發一語，直到快要走出公園入口時，柳夏萱才忽然丟了一句話。

「小左，可以問你一個問題嗎？」

「什麼問題？」

「你最近還有在畫畫嗎？」

「…………」

面對這突如其來的提問，我下意識撇開視線。今天的美術課之後，我便料想到她有可能會提及這個話題，只是沒想到如此直接。

我盯著公園入口地磚與柏油路的交界處，在短暫沉默後回答：「沒有。」

「這樣啊……」

她低下頭，以相當輕柔的語氣回應，沒有再追問。接著，她猛地抬起雙手在胸前揮舞。

「啊，不要誤會，我這麼問沒有別的意思，只是……」她緩緩垂下目光，「最近的小左，看起來比較有精神了一點，我以為……」

我盯著身旁的少女，不知道該怎麼回應她。

這是個不讓人意外的問題，身為青梅竹馬，她想必瞭解我的過去，只是平常沒有機會提起。儘管有社交軟體，但有些事只能當面親口訴說，才不會留下紀錄。

所以，她會用這樣輕巧帶過的方式提問，大概也是為了讓雙方不要有壓力吧。

「是因為小紫吧？」

不過，她似乎還是有想知道的答案。

她微瞇起眼，停下腳步，抬頭注視著我。我無法從她的表情當中解讀出想法。

這與剛才公車上的疑問相似，卻有些不同。

「雖然小左那樣說，不過我想……果然還是跟小紫有關吧？」

她將雙手背在身後。

「畢竟懶懶散散，身為學藝股長卻對班級事務不聞不問，社團活動總是遊手好閒還逼迫社長幫忙點名的小左，會像這樣中午和大家一起和樂融融地吃飯，乖乖參加課後練習，積極地享受青春這件事，這怎麼想都是不可能的嘛～」

「咕唔……」力道強烈，一針見血。

「而且剛好是在小紫轉學進來的時間點，你高二沒什麼朋友，這大概跟何又雲沒有關係，因為你們平常就待在一塊，我的話更是不可能……」

她的語氣一度委靡，但立刻像是不著痕跡般恢復元氣。「所以真相只有一個——那就是神祕的轉學生，小紫！」

雖然想吐槽，還是算了。

不得不說她果然很瞭解我。雖然本來就認為這件事瞞不過她，只要仔細觀察肯定能發現其中的蹊蹺。

可是，不能跟她說。如果就這樣直接說出真相，對紫決不公平。

所以我只好繼續撒謊。

然而對於眼前情況，面對瞭解我的人，說什麼感覺都會被識破……

「是不能跟我說的事嗎？」

像是看穿我的猶疑，柳夏萱以細柔的語氣如此說道。我抬起頭，只見她綻出一抹善解人意的微笑。

我沒有做多餘的反應，卻也不知道該如何回答，只能低聲說出「抱歉」兩個字。

她再度於胸前揮手。

「小左不用道歉啦，每個人本來就都有屬於自己的祕密，不想說沒關係的。只是……」說著，她的表情沉了下去。

「……只是？」

「該怎麼說呢……落寞？覺得小左果然也到這個年紀了嗎，啊哈哈……但是姊姊我很欣慰喔！雖然有點寂寞，但是很欣慰喔！」

「不要擅自在那裡感傷啊，論年紀是我比較大。」

「嗯，說得也是。」

她笑了一聲，重新向前踏步，像是不打算深究。

其實認真思考，她在某種層面上，確實要比我成熟。

雖然平時給人的形象是橫衝直撞，有種喋喋不休的感覺，但她總是點到為止，適時停下，顧慮著我的想法，小心翼翼不去戳破。

比任何人都要貼心。擅自認定她是如同妹妹的存在，大概只是我還停留在兒時的記憶。

或者歸根究柢，這種想法本身就是錯的。

「不過呢，小左。」

清澈的嗓音傳來，打斷我的思緒。我的目光向前投去，看清佇足在前方的身影。

「如果你有了喜歡的人……要跟我說喔？」

「……」

「一定要喔？」

「……怎麼又突然說這個。」

「答應我就是了。」

她以真摯的目光瞧了過來，收起平時的表情，眼裡是不由分說的堅定。我看得出來，這是她認真時的表現。

這種時候逃避話題也沒用，我只能針對問題給出回應。

「是～」

「啊，敷衍，小左好敷衍！」

「不然要怎樣，我都答應了……」

「重點才不是這個！」就像不讓我越過她身邊，她強行伸手扯住我的書包，鼓起腮幫子。

她的倔強，有時候會在這種地方體現出來，教人沒轍。

「……跟小時候差真多耶。」

「嗯？小左你說什麼？」

「沒事。」我放鬆肩膀的力道，用稍微認真、不至於讓她感到敷衍的口吻回答：「好，我答應妳。如果我有喜歡的人，會第一個跟妳說，這樣好嗎？」

「……嗯！」

柳夏萱大大點了個頭，終於滿意地鬆開手，逕自向前走去。

「那走吧，我們回家！」

輕盈的腳步，彷彿前方沒有任何阻礙。我苦笑著，跟上她的步伐。

走著走著，不經意間，我忽然意識到，這似乎是我們自認識以來，第一次聊及這方面的話題。

從小到大，她就不像其他女孩子一樣喜歡聊八卦，也不曾提起過自己對於這類事情的看法，我知道的只有上了國中後，她忽然變得很受歡迎。

不知不覺開始在團體中擔任要角，個性有些粗線條，但直率真誠，懂得照顧弱勢，對待任何人都一視同仁。這樣的她，不僅受師長喜愛也得到同學的尊敬，除了讀書之外，各方面可說是無可挑剔。

明明不論外貌或內在都有那麼好的條件，追求者也不在少數，她卻始終如一維持單身，沒有任何交往經驗。

為什麼呢……？想到這裡，我抬起視線望向前方嬌小的背影。

凝望那在夜幕染黑之下，兀自躍動的茜色馬尾。

我忽然有種錯覺，彷彿她的背影在黝黑的陰影之中，渺小得快要消失。

那種不知從何而來的強烈印象，覆蓋過心中的好奇。取而代之湧現的，是一股無以名狀的愧疚感。

明明相識了那麼久，我卻忽然發現自己一點也不瞭解她。明明自詡為家人般的存在，但似乎根本不是那麼一回事。

於是我開了口，問出一道連自己都感到意外的問題。

「……妳會孤單嗎？」

「什麼？」

話語不自覺地脫口而出。柳夏萱回過頭，面露些微詫異的表情。我一瞬間感到後悔，但還是忍著些微羞恥的情緒繼續發問：

「有我這麼沒用的青梅竹馬，妳會不會很孤單？」

或許是我察覺到了。

看似完美的柳夏萓，看似與所有人都相處融洽，總是處在人群中心的柳夏萓，會不會根本不是我以為的那樣。

這麼說不是因為自大，而是從國中到現在，那個引同儕稱羨、不斷受師長稱讚的她，臉上的笑容似乎不曾卸下過。

班上最常舉手的是她，舉手次數頻繁到讓人以為是有獎徵答；時常幫老師搬作業，可是自己卻會忘記帶東西；和一群朋友開心聊天時，偶爾看上去會有點心不在焉。

我隱約感受到，似乎有種微妙的距離感纏附在她身上，像一堵透明的牆將自己與他人隔開。

所以這只是個人獨斷的猜想。如果連身邊年齡相仿、最親近自己的人，都無法理解自己的話，一定多少會感到孤單的吧。

柳夏萓安靜地杵在原地，美麗的金瞳柔和地注視著我。

雙方不發一語，直到她闔上雙眼，輕笑著搖了搖頭。

「不會喔，因為小左一直陪著我嘛。」

真是溫柔，都這種時候了還在體貼我。

「倒是我希望小左，你可以再快樂一點。」

「……什麼？」

意料之外的答覆使我一怔。只見柳夏萱朝我走近，於面前一公尺止步。

「雖然我不知道為什麼小左你這麼問，但你只要知道一件事就好。」

像是早就排演過的劇本，她展露純白的笑容，抬頭仰望我的雙眼，一舉一動自然俐落。

「你的笑容，就是我的幸福。只要你笑著，那麼我就不會孤單。」

「…………」

她的笑靨有如夏夜盛開的向日葵，將周遭的黑暗盡數驅散。一股暖意在心頭滋生，逐漸蔓延開來。

儘管如此，我仍無法完全理解她話中的意思，只是愣愣地望著她，心想她為什麼會說這種話。

見我呆傻的模樣，柳夏萱咧嘴一笑。

「所以啊——」她彈了下我的眉間。「不要再愁眉苦臉了！晚飯要抱著愉悅的心情開動，回家的路上必須保持微笑！」

不明所以的言論又令我一陣錯愕，眼皮不停眨著。

「……什麼啊，這是……」

懷念的滋味油然而生，隨即嘴角湧出笑意，不自覺噗哧一聲。

見狀，她也笑了出來。

莫名又激勵人心。我想這就是柳夏萱的風格吧，她是在用自己的方式叫我不用擔心，展現她獨有的體貼。既然如此……

「我知道了。」

「嗯？知道什麼？」

「我會用我自己的方式，讓妳幸福的。」

「……嗯？」柳夏萱歪了歪頭。「小左，這是什麼意思？」

「回家吧。」

「咦……什麼啦！小左你說什麼啦～！」

我邁開步伐，任憑背後的女孩吵鬧著。

在這充滿日常感卻有些不平凡的夜晚，我暗自在心裡許願，一定不讓身旁這名女孩的笑容消失。

第五章　隱藏於那陰影之下

……唰啦……唰啦……唰啦啦……

濺起的水花聲，打在朦朧的意識裡。

唰啦……唰啦……哼～哼哼哼～～～……

噴濺的水聲中，挾雜著某道悅耳的歌聲，使我緩緩睜開眼。

「……」

半張臉陷在柔軟的枕頭裡。我瞇眼瞥向床頭櫃的鬧鐘，時間六點二十一分，AM。

仔細聆聽，水聲是從房外傳來的。不是雨聲，也不是流理臺沖洗碗盤的聲音，而是更清楚的——餐廳旁浴室的淋浴聲。

不用說，有人正在洗澡。

自從紫泱搬來後，那裡便成了她的專屬盥洗室，因為我的房間有獨立衛浴，不會有共用的問題。不如說幸好有兩間浴室，省去不少麻煩。

話說回來，她怎麼在這種時間洗澡……

水聲依舊不停，自肌膚上匯聚而成的水流衝擊著地板，發出啪啦啪啦的聲響——畫面不自覺浮現於腦海。只是這樣還不打緊，但是她那如銀鈴般的歌聲，教人完全無法忽視。

我坐起身，看向窗外依舊昏暗的天空。太陽連頭都還沒露出來，她到底是什麼早起惡魔……

我打了個呵欠，拖著蹣跚的步伐走向餐廳。餐桌上擺放著解凍的蛋餅皮，以及剛拆封的培根。

看起來是待會做早餐要用的食材。

怪不得她昨晚叫我去超市買培根，原來是為了要做蛋餅。我看著桌上冰冷冷的食材，妄想著它們冒出熱煙的景象。

過去這一週，紫泱每天都會早起做早餐。吐司夾肉蛋、燻雞漢堡、鮪魚小黃瓜沙拉、起司火腿可頌。繼上週的法式吐司後，各式各樣的早點在她的巧手之下化為餐桌上的佳餚，進到我的肚子裡。

拜此所賜，我似乎已經有點習慣了，開始會下意識期待每天的早晨。

想到這我不禁搖了搖頭。人類真可怕，這就是被豢養的天性嗎？尤其一旦習以為常，特別容易視為理所當然。

再這樣下去我說不定會變成廢人……

就在我胡思亂想的同時，浴室的水聲不知何時停止，門把「喀嗒——」一聲轉開，一道人影顯現。

白靄靄的水氣飄出，溼潤的髮絲貼在肩頭和胸前，全身肌膚被熱水沖得白裡透紅。

溫潤的玉腿踩上地墊，水珠沿著內側滑落。

少女睜開細長的睫毛，與我視線相對。

「…………」「…………」

漫長的沉默襲來，空氣瞬間凍結到零度以下。

只裹著一條浴巾，除此之外沒有任何遮蔽物，換言之就是剛出浴的模樣。

我的心跳不自覺變重，卻不敢移開視線。因為總覺得一旦移開，就會有什麼事情發生。

「紫、泱……？」

我輕聲開口，嘗試打破僵局。

面無表情的她沒有回話，只是輕輕歪了頭，面露燦爛微笑，然後——

從我眼前消失。

「……！」

她先前也使過這個把戲。

因為太陽還未升起，處於幽靈狀態的她能夠自由隱去身體的行蹤。

儘管意識到這點，我仍不知該如何反應。突然間，桌上的蛋餅皮像是受到某種外力牽引，飄到了半空中。

緊接著往我臉上襲來！

——啪！

臉頰被蛋餅皮甩了一下，我整個人踉蹌了一步。

「唔哇！」

——咻啪！

蛋餅皮以迅雷不及掩耳的速度，展開第二次襲擊。

「咕！等、等等，紫泱……！」我摀著臉伸出手掌。

「嗯？怎麼啦～？」

她總算開口回應，聲音輕柔無比，異常溫柔。

「我不是故意的！」

「故意什麼呀～？」

然而語調沒有一絲溫度，我只感覺得到一股惡寒悄悄逼近。蛋餅皮的延展性將自身化為條鞭，毫不留情地甩出，發出破空聲響。

看在眼裡，就像蛋餅皮被什麼不得了的東西給附身了一樣。

「妳先冷靜下來！」

「嗯～我很冷靜呀。」

——咻啪砰!!

「冷靜才有鬼！」

「你就好好到地獄裡贖罪吧♪」

她是真的鐵了心打算用蛋餅皮把我打死！

一陣東閃西躲後，蛋餅皮甩上冰箱裂成兩半。正當我想著終於逃過一劫時，卻輪到桌上的培根飄了起來。

「就說了我沒有生氣～♪」

「這算什麼第一次！不要因為這種事情生氣啊！」

「原本要獻給夏萱的第一次居然就這樣被奪走，而且還是在這種場合……」

——咻砰！

溼軟的培根以強勁力道朝我襲來，打在牆壁上噴出黏稠汁液。

「妳不要再睜眼說瞎話了！」

「看我把你做成培根蛋餅～♪」

「也不要玩食物！」

「正好需要解凍。」

「請妳用正常的方式解凍……」

下一秒，疑似踏步過猛，「咚」，看不見的浴巾忽然現形，鬆脫落到了地板上。

剎那間，一道曙光從窗戶透了進來，打亮了昏暗的室內。

——原先隱身的紫泱，也隨著晨曦的乍現，一絲不掛地站在我面前。

「…………」

我無法形容此刻看到的光景。

只記得下一秒臉上傳來厚實的掌擊，我就失去意識了。

「……總之，對不起。」

二十分鐘後，我在餐桌前土下座。

紫泱已經換好了衣服。

雖然因為日出而被迫解除隱形是個意外，不如說整起事件從一開始就是個意外，但我還是心懷歉意，連同臉上的脹痛一起賠罪。

「你不用道歉呀。」

紫泱笑著回答。

「反正我這輩子是嫁不出去了。」

好沉重。

「啊，差點忘了，我已經死了，所以連這輩子都不算呢，呵呵。」

「真的很對不起！」

大概是看我五體投地的模樣，紫泱輕笑一聲，眼裡的肅殺之氣總算消退。

「這次就算了吧。」

「妳肯原諒我了嗎？」

「之後的部分，就交給夏萱吧。」

「那樣真的會死，拜託不要。」不管是生理還是社會上。

我吐出長長的嘆息，一早就如此折騰，早餐也不翼而飛，簡直禍不單行。

說到底，這一切的起因都起自於……

「妳為什麼一大早的在洗澡？」

紫泱歪了頭，回答：「不行嗎？」

「不是不行，只是……會不會太早了一點？」

明明平時都和我一樣大約在晚上十點左右洗澡，今天卻反常隔了一夜才洗……

是昨晚不小心睡著了嗎？

仔細一看，她的眼睛周圍似乎有淡淡的黑眼圈。

「昨天熬夜上網了。」果然。看來是因為我的筆電。

「妳熬整夜啊，在忙什麼？追劇？」

「逛網拍。」

「網拍……？」

她點了頭，而後指著自己的胸口，或者該說身上的那件布料。

學校的制服。

這麼說起來，她怎麼假日還穿著制服？

「……啊。」

我這才意識到，自己犯了一個很愚蠢的錯誤。

我沒有幫她準備居家用的衣服。

因為平日都穿著制服，放學後則是運動服，所以下意識被我忽略。

紫泱沒有換洗衣物。

怪不得她每晚使用吹風機的時間都特別長，不只是因為長頭髮的緣故，肯定還因為她必須吹乾自己手洗的衣物吧。平常洗衣服習慣只有自己的衣服，根本沒注意到。

「抱歉！」我雙手合十，為自己的不體貼表示歉意。「所以妳是在訂衣服嗎？」

「加了大概有一百件到購物車，但後來發現沒卡得刷，所以放棄了。」

妳打算塞爆我家衣櫥嗎。

「怎麼不跟我說啊？」

「反正是可以自己解決的事嘛。」

「但很不方便吧……我至少可以暫時拿我媽的衣服借妳。」

「你願意收留我就很感激了。」

她笑吟吟地回答，害我分辨不出那笑容裡的真偽。話雖如此，不方便是肯定的。

「真是的……」我吁了一口氣，站起痠麻的腿。「走吧。」

「咦？走去哪？」

「去吃早餐。」我指向餐桌。「這些食物不能用了吧？」

四分五裂的蛋餅皮，徹底變形的培根，噴得滿地與牆壁都是的油水，彷彿剛經歷過一場慘烈戰役。她到底是帶著多大的恨意在攻擊我……

「說得也是，我也有點失去冷靜了，明明有更好的做法。」

「妳能這麼想就太好了。」

「我果然不應該提早解凍的。」

妳絕對是想殺了我吧！

我猛搖頭，把被培根斬首的畫面從腦海中揮去，轉換話題：「話說，妳下午有事嗎？」

「下午？沒事，怎麼了？」

「那要不要去個地方？當作是賠禮，還有這陣子早餐的謝禮。」

「賠禮跟謝禮？」

我點了點頭。

「但是要先等我把餐廳清理乾淨。」

下午，我們來到臺北市的西門商圈。

由於假日的關係，徒步區擠滿人潮，路過的人們討論著要看哪部電影、吃什麼午餐，或是分享當今熱門的影片，充滿高漲的情緒。

形色各異的招牌立在路邊，攤販的味道和刺鼻的香水味混合在一起，交織出各種難以形容的怪味。

像是為了迴避人群與熱鬧，也許是因為自己實際上正跟一名幽靈逛街而略感不安，我們迅速穿越人潮，來到一間大型複合式百貨。我跟在紫泱後面，乘上手扶梯，搭往四樓的女性服飾專區。

沒錯，本次外出的目的並非特地來人擠人，而是打算替紫泱採購幾套衣物。雖然預算有限，但只買幾件的話應該不會有問題。應該。

「真的可以嗎？」

站在前方一格的紫泱回過頭來。由於身高差的關係，現在的我能夠短暫與她平視，才發現她的皮膚真的很白。

「可以，只要妳不挑太貴的。」

「可是我怕會忍不住手癢耶。」

「那就請妳克制住。」

「但女生看到中意的衣服，就像男生看見蘿莉一樣，會無法克制住衝動。」

「為什麼把男生講得都是蘿莉控一樣？」

「你不覺得這世界上的所有男生，都具有蘿莉控基因嗎？」

「啊，為何？」

「你有看動畫吧？」

「有是有，以前比較常看，但這有什麼關係？」

「有沒有一些喜歡的女性動漫角色？她們都是什麼樣子的？」

「什麼樣子……高中生或大學生吧，或者異世界的精靈？」

「這樣的她們，在發育成長前的型態是什麼？」

「呃……蘿莉？」

紫泱嚴肅地點了點頭。

「再假如，你有一位很喜歡的角色，假如她今天回到過去，或是基於某種神祕力量變回幼女型態的時候，你的心情會是什麼？你會感到興奮嗎？有沒有一股悖德感在心裡翻騰？」

我沉思了一會，小心翼翼地回答：「……不會啊？」

銳利的視線射了過來。「你能完全否定其可能性嗎？」她接著一揮手指。「人都是自以為瞭解自己的生物，有時你的擅自認定，未必是真正的事實。」

「這……」

「我問你，人與人相愛，難道只是為了對方的身材嗎？」

「不是。」我搖搖頭。

「也包含內在和性格對吧？也就是說，當今天你喜歡的人變成蘿莉，你很可能會出於那份喜愛之情，而開始說服自己那樣也不錯，反正愛的都是同一個人，進而催生出躍躍欲試、也不是沒有嘗試可能的心態，我沒說錯吧？」

被那凌厲的氣勢一問，我竟一時答不上話。

「人擅於合理化不合理的事物，會使界線逐漸模糊，久而久之成為習慣……只要把這種心態再強化個幾倍，突破自己的道德界線，那麼其實就算對方是蘿莉也無所謂，甚至還多了一個養成要素當作樂趣，這種心態就和蘿莉控沒兩樣。」

紫泱得意地笑了笑。

「所有的男生都是蘿莉控。」

「………」

總覺得哪裡怪怪的，我卻無從替廣大的男性同胞辯解。

「換句話說，等等如果我買太多衣服，也是可以被原諒的。」

「講這麼多妳只是想要合理化自己的行為吧！」

看見我被牽著鼻子走的窘樣，紫泱笑得格外像個少女。總覺得她心情很好。電扶梯來到尾端，她踏上四樓地板，輕輕轉身。

制服裙襬飄盪，髮尾如花瓣散開，她前傾身子，對我露出小惡魔般的笑容。

「如果不想讓荷包大失血，你可要好好盯住我喔？」

「噹啷～！怎麼樣？」

一家國外知名品牌的女性服飾店一隅——準確來說，試衣間前。紫泱正試穿著店內的衣服，朝我投以詢問。

「什麼怎麼樣……妳照鏡子不就知道了嗎？」

「機會難得，就讓我參考你的意見吧。」

她的心情看起來真的很好，笑容始終掛在臉上，讓人不好意思就這樣潑她冷水，於是我認真審視她身上的服裝。

紫泱此刻已經褪去帶有青春感的制服，取而代之的是一件時髦的米色針織高領毛衣，配上少見的深酒紅色長裙。

整體看上去，色調或質料都給人相當暖和的視覺效果。一反平時喜愛捉弄人的形象，流露一股沉著的優雅，白褐色系的靴子，更顯現出冬天的味道。

「……還不錯。」

「是嗎？那下一套！」

原以為她會繼續追問是哪裡不錯，沒想到她只是心滿意足地走回試衣間。

兩分鐘後，再度拉開簾子。

這一次，她換上了一套看起來較重外型、保暖功能次之的服飾。

下半身著九分深藍色合身牛仔褲和白色球鞋，搭配寬領白上衣及粉色短版外套，帶出別有韻味的少女風格。仔細一瞧，在白色上衣外頭還有一件細肩黑色小背心，增添了層次感。

兩套截然不同風格的冬季穿搭，在她身上都顯得相當速配，散發別致的風采。她是個衣架子。

「這套呢，怎麼樣？」紫泱張開手臂轉了半圈，雀躍地問。

「嗯……也不錯。」

「這樣嗎……那我再考慮一下。」

說完，她再度回到更衣間，拉起的簾子後方傳來細微的衣物摩擦聲響。

真教人意外。

還以為缺乏陪女性逛街經驗的我所提供的意見，會讓對方認為毫無參考價值，沒想到進展得很順利？看來陪女生逛街不像別人說得那麼困難嘛。

照這樣的節奏下去，說不定今天的行程很快就能結束，能早點回家休息。一邊等待的我如此暗自慶幸。

然而，此時的我尚未知曉，自己的想法有多麼愚蠢。

五小時後，我精疲力盡地倒在百貨公司某處的長椅上，像被踩爛的香蕉皮癱軟著。

「……………太誇張了。」我氣力盡失靠在椅背上，以近乎死去的眼神瞥向一旁的手提紙袋。

經過五小時的奮鬥，紫泱終於宣告結束今天的購衣行程。

由於預算有限，我們最後只買了一到兩套的服飾和貼身衣物，整體花費還控制在可接受的範圍內。原本擔心紫泱會以「蘿莉控理論」獅子大開口，但她沒有這麼做，反而頻頻私下確認標籤價格，選擇了較為低價的款式。

對於她的貼心舉動我懷抱感激，讓我還有剩餘零用錢過日子。不過，也或許就是因為無法放縱自己的購買欲，才會導致眼前這個局面。

——剛才的五小時，只能用地獄來形容。

紫泱跑遍了這間百貨所有的服飾店，不光是四樓的女性服飾專賣區，還包含其他樓層的中性與流行服飾店，以及隔壁棟的特賣區，試穿不下百套服裝，就連在內衣店，她也不忌諱地拿著五顏六色的布料在我眼前晃來晃去，不斷朝我徵詢意見。

奇怪，浴巾不行，內衣就沒關係，這是什麼邏輯？我已經搞不懂女生的想法了。

但這是我出的主意，也只能奉陪到底。

話說回來，她打算在化妝室待多久？

當我轉頭看向化妝室門口想要確認，眼角忽然閃過某道影子，攫住我的目光。

「……咦？」

距離這裡大約三十公尺的位置，站著一名少女。

她身穿墨綠色厚外套與黑色長裙，提著米白色的托特包，正停下腳步，注視著某個方向。

色調與花樣樸素的長裙，與那一頭海棠紅的雙馬尾呈鮮明對比，靜謐中帶有一絲優雅，一反平時的活力感。

是柳夏萱。

彷彿在觀賞美術展覽，她專心致志地盯著眼前的櫥窗，似乎要被吸了進去。

為什麼她會在這裡——在這個疑問冒出的同時，我注意到了某個不尋常的地方。

眼神。

她的眼神。

好像有點不太對勁。

不同於平時散發的圓潤色澤，現在的她像是失了神似的，金色的雙眸轉為黯淡的土黃。

距離雖遠，我能感受到她的目光並非聚焦在前方的事物上，而是望向更遙遠的某處，泛出空洞而憂鬱的灰暗。

我從沒看過柳夏萱露出這樣的眼神。

那不是對自己有興趣的商品會露出的眼神，如果是討厭的東西也不會看那麼久。

……她究竟看到了什麼？

沒記錯的話，她面對的是某間日系雜誌店，店面櫥窗擺設有當今熱銷的書籍、小說和畫冊。

她為何會對那間店，露出那樣的表情？

那是一種似曾相識，彷彿我也在哪見過的反應，卻一時想不起來……

「你在看什麼？」

仍帶有一絲愉悅的嗓音打斷我的思緒。

回頭一看，是從化妝室出來的紫泱。

「啊……啊！」因為看得太入神，我忽略了一件更應該優先思考的事情。

我瞬間反應過來，倏地轉頭往方才柳夏萱的位置看去，發現她已不再盯著櫥窗，而是往前踏出腳步，而她前進的方向——是我們這邊。

糟了——這條走道只有一個方向，雖然被飲料販賣機擋住，但如果我和紫泱這時候跑掉，一定馬上就會被發現，後果就麻煩了。

我瞥向椅子上的購物袋。就算是柳夏萱也肯定能立刻猜到是怎麼回事。無處可躲，又無法移動……現在該怎麼辦？

喀、喀、喀——

清脆的鞋跟聲，揭示彼此的距離不到十公尺。

咚、咚、咚——

隨著腳步聲逼近，心跳聲幾乎占據耳膜，下顎開始發熱。就在彼此即將擦肩而過之際，我的身體擅自做出了反應——

我的左手扶住紫泱的肩膀，注意力道將紫泱壓到牆上，緊接著右手橫過紫泱的耳朵，發出「咚」的聲響。

也就是俗稱的壁咚。

「……！」

面對突如其來的舉動，紫泱像塊木頭一樣僵住，柔軟的鼻息打在我的側臉，使我不敢呼吸。面對填滿視線的琉璃色，我只能吞嚥乾涸的喉嚨靜靜等待。

最危險的地方就是最安全的地方。

人們會下意識迴避令人感到害羞的場合，我利用這一點賭了一把——既然無法逃跑，不要被發現就行了！

懷著祈禱，腳步聲如預期出現在背後。

「……小左？」

熟悉的嗓音，打破我的如意算盤。

——萬事休矣。

理論終歸是理論，面對柳夏萱這種奇行種，一般規則根本不適用在她身上，我想得太簡單了。

我轉動僵硬的脖頸，向後看去。「咦、是妳啊，萱，哈哈。」

「哈哈……？小左，你在幹麼？」

「哈哈，沒有啊。」我維持姿勢不動，說出連自己都覺得可疑的臺詞，冷汗直流。

「哪裡沒有？我都看到了。」

「這、這是誤會！」

「誤會……？你這樣子的確很容易讓人誤會。」柳夏萱半瞇著眼，射出犀利的目光，打穿我的背脊。「小左。」

「是！」我挺起身子，繃緊神經，準備迎接那終將到來的審判。

「你為什麼要面壁？」

她歪過頭去，一副匪夷所思的模樣。

「……咦？」我回過頭去，紫泱早已不見蹤影。

位於眼前的只有一片白色牆壁。

我恢復正常的站立姿勢，不經意望向天空，只見晚霞將天邊渲染成一片粉紫色。

……原來已經傍晚了。也就是說，紫泱在剛剛千鈞一髮之際變回幽靈型態，才沒有被柳夏萱發現。

啊，感謝太陽公公，得救了……

我鬆了一口氣，再次癱軟在椅背上。

然而柳夏萱左看右看，像在尋找什麼。「小左，你一個人嗎？」

「啊？嗯，我自己來的。」

「那這些是你的嗎？」柳夏萱看向一旁的購物袋。「咦……女生的衣服？還有內衣!?」

「……啊。」是紫泱沒帶走的戰利品。

「為什麼會有……等等，該不會小左你……」她忽然掩住嘴，以不可置信的語氣驚呼。

糟糕，該不會其實都被她看到了——

「有收集女裝的癖好!?」

「才有鬼啦！」

後來花了一番功夫向柳夏萱解釋，才勉強讓她相信這是有人遺漏在這的。真搞不懂為什麼她會對自己的兒時玩伴有這種誤解？

不過正義感強烈的她堅持要拿去失物招領中心，我只好陪她同行。晚點再回來拿吧。

「對了，小左你待會有事嗎？」

從失物招領中心走出來後，她突然這麼問道。

「咦，待會？是沒有……」

「那……要一起吃晚餐嗎？反正你一個人。」

「晚餐嗎……」我邊思考，默默掃視周圍，尋找消失的紫泱。她應該還跟著我們。果不其然，我在不遠處的轉角發現她的身影。正當我想著該怎麼和她聯絡時，只見她手揮著鈔票，比了一個ＯＫ的手勢。

……她是什麼時候摸走我的錢包的？

「小左，你在看什麼？」柳夏萱注意到我的視線，跟著轉頭。

「沒有東西啊……？」她回過身來，「小左，你有點怪怪的哦？」

「不，沒事。好啊，一起吃吧，地下街應該有不少餐廳，只是……我忘記帶錢了，妳可能要先借我。」

「蛤？出門逛街卻沒帶錢，小左你是傻子嗎!?」

被笨蛋罵傻子，我心中五味雜陳。

「真難你沒辦法，就先借你吧～」

「是是。」

紫泱應該有辦法自己搭計程車回去，取回失物招領只要拿我錢包裡的收據就沒問題，大概不用操心。

如果在這裡拒絕柳夏萱反而不自然，而且我們很久沒有一起吃晚餐了。回想起上次的放學，總覺得最近相處的機會自然而然地變多了。

紫泱大概也很希望能跟她一起吃晚餐吧。

下次有機會，再想辦法安排她們兩人在週末見面吧。我如此心想，向前方踏出腳步。

夕陽餘暉穿過玻璃，灑在我們的腳跟上，拉出兩道長長的影子。

第六章　溺水的烏鴉

上課鐘響，下午的第三節課，教室依然吵鬧著。

每逢週二的班會時間。

我一邊在座位上默默等候，一邊看著還在教室後方玩耍的那一群不知死活的男同學們，心想，差不多了。

「——小明，小華，小王，汝等今日的作業多兩倍。」

不出幾秒，班導出現在教室後門，以凌厲的氣勢下達命令。

「「「哎哎哎——!?」」」

忘記這節課是人稱「新崇武則天」問政的三名同學同時發出哀號。

「三倍。」

「「「…………」」」

哀號的同學乖乖回到了座位上。

明明開學都過三個多月了，他們還是學不乖。

新崇武則天——全校公認的別稱，本班二年六班的班導。負責教授國文科目的她飽讀四書五經，精通琴棋書畫，對中國文化有著濃厚興趣，一舉一動都模仿歷史劇中的人物，幻想自己是古人。拜那字正腔圓的說話方式以及富有存在感的體型所賜，讓她在這所高中無人不知無人不曉。

換言之，中二病。

踩踏厚重的步伐，武則天行經鴉雀無聲的座位區，咚咚咚來到講臺上。她「砰」一聲放下待會要用到的課本，以宏亮的聲音朝我們發話：

「授課前，有要事與汝等討論。」

她拿起粉筆，在黑板上寫下「12／18（六）」幾個字後轉向我們。

「國曆十二月十八，星期六，乃本校先靈誕辰之日，吾想在座朝臣應該都很清楚——」

「啊，到這個時候啦。」

「喔喔，時間過真快～」

「蛤～又是假日喔，那天我想睡覺啦～」

「——小美，小琳，小喬，作業兩倍。」

「「……………」」

這一次輪到另外三名女同學遭殃。

女生總歸是比較機靈，沒有哀號也沒有抵抗，成功止損傷害。

「吾應該告誡多遍，莫插嘴打斷吾的發言！再有一次就全班掃茅廁！」

「…………」班上同學敢怒不敢言。

見狀，武則天滿意地點了頭，甩一甩不存在的衣袖，繼續說道：

「先靈誕辰之日即將來臨，與往昔相同，將於白日舉行慶典，依校方規定，各班須推舉一祭祀之物，恭迎當日神靈，感念土地，普世同慶，增進我國與他邦之交流，以揚我新崇崇高精神！」

此時，一名同學唯唯諾諾地舉起手來。

「答。」獲得准許後，同學開口。

「那個……先靈誕辰，祭祀之物……是什麼意思？」

「嘖。」班導不耐地啐了一聲，「又來了。柳愛卿，汝來解釋。」

「是！」班長柳夏萱應聲起立，面向發問的同學。

「下個週六，是本年度新崇高中的校慶，預計和往年一樣舉行園遊會，由一到二年級在操場進行設攤。今天的班會，要決定我們班的攤位主題！」

「做得好，柳愛卿，汝可以退下了。小呆，這樣明白了嗎？」

「明白了！」

「要說什麼？」

「謝班導隆恩！」

「退下。」小呆戰戰兢兢地坐下。「真是怪也，明明都是同樣意思，汝等怎會不明白……」

能明白才有鬼。

「罷也，接下來賜予汝等一盞茶時間，討論祭祀主題，結束後進行提名表決——開始！」

話聲一落，全班同學頓時如脫韁野馬，熱烈討論起來。

「欸欸，炒泡麵怎麼樣？我們高一的時候做過，成本低廉有賣相，那時候賺不少。」

「但也代表很多人會做吧？跟免洗手遊一樣。要不要想個更有噱頭的？貨出得去，錢進得來，二年六班發大財。」

「噱頭嗎……」

「水球人體標靶遊戲怎麼樣？一次三十元，保底五顆，全中再加碼。」

「天氣那麼冷，誰要上去，你嗎？」

「Free Hug 怎麼樣？」

「喔喔，不錯耶，聽起來滿有噱頭的！但免費的怎麼賺？」

「臺幣誠可貴，心意價更高。若為脫單故，兩者皆可拋。」

「你只是想吃豆腐而已吧，何又雲。」

這個人遲早會被送進警局。看看另一邊吧。

「冬天就是要賣熱飲吧，不然要幹麼？」

「贊成！冬天熱呼呼的最棒了～可以有草莓牛奶、草莓紅豆湯、草莓棉花糖奶茶、草莓拿鐵、草莓熱豆花、草莓桂圓紅棗茶、草莓薑茶、草莓雞湯、草——」

「STOP！草莓出現禁止！」

「咦～為什麼！」

「前面還說得過去，為什麼後面混了奇怪的東西？」

「什麼奇怪，草莓是百搭聖品！」

「聽說去年有個班級，在章魚燒裡頭加了混有辣椒的草莓醬，結果傳出集體拉肚子的傳聞。柳夏萱班長，妳有頭緒嗎？」

「那、那是客人的腸胃太虛弱了！人家只不過是想要讓章魚燒變得更美味而已，誰知道……啊，原來如此。」

「感謝天，妳終於頓悟了。」

「肯定是平時沒有訓練的緣故！」

「什麼？」

「沒錯，肯定是沒有養成習慣的問題！我們應該提倡三餐飯後來一杯草莓優格促進消化，沒事多喝草莓奶茶滋潤喉嚨，常備草莓軟糖以解嘴饞，還能提升血糖促進知識吸收！另外，最好在床頭擺幾盒草莓巧克力棒，睡前啃一根防止蛀牙！一天一草莓，醫生遠離我，只要養成以上習慣，這麼一來肯定——」

「班長，您平時業務繁多，不如趁這個機會好好休息一下，其他雜務就放心交給我們，好嗎？」

「咦～～！」

…………

這已經不是意見討論，是災害防治了吧。看來也沒辦法指望這邊了。

「欸欸。」

正當我對班上的討論感到絕望，開始對這次的園遊會不抱期待時，右側坐位傳來輕柔的呼喊。

我看向紫泱，想起這邊還有一個智商在線的傢伙。

「喔，妳有什麼好點子嗎？」

如果是她，說不定能提出不錯的想法。

「要不要賣培根蛋餅？」

今年的園遊會我還是請假好了。

二十分鐘後，園遊會的攤位主題終於出爐。萬分慶幸，最後的主題是賣鬆餅，沒有任何滿足私慾的不純潔活動、拉肚子派對或是蛋餅精神病院。

接著進入分組階段。

本次校慶園遊會共分為四個組別，分別是場外組、採購組、總務組與美宣組。分組方式為先選出組長，再依據同學自主意願進入不同的組別。

首先是場外組，又名叫賣組，負責在活動當天拉客，設計銷售活動，增加客源；採購組顧名思義負責採買、統籌試做活動等事宜。

總務組控管器材與金錢收支；最後是包辦製作所有相關宣傳物的美宣組。

由於場外組需要在活動當天拉客，有效增加來客人數，因此在成員組成上自然會傾向較為活潑外向的同學，是喜愛社交的同學一展長才的機會。

但以組長來說，則較側重統籌人力，需擁有擬定話術以及針對活動當下狀況進行應變的能力，因此比起性格，反而需要由思路清晰且反應快的同學擔任。

提名階段，何又雲的名字一度被提起，但考量到可能會半路跑去把妹的可能性，立刻就被駁回，將機會讓給其他人。

畢竟是一年一度的全校盛事，自然希望能夠辦得圓滿。

此時，柳夏萱舉起手來。

原以為她是要毛遂自薦，她也確實是個合適的人選，只不過……

「老師，我要提名小紫——啊不對，紫決！」

「咦？」右側少女發出詫異的聲音，沒想到會被提名。

「紫愛卿嗎……」武則天喃喃自語後，隨即點頭，將名字寫上黑板。

……的確，紫泱是個恰當的人選。只是因為剛轉入班級，與大家的相處時間還不長所以容易被忽略。但就像有個人率先指向天空，大家會紛紛看見那裡有什麼，因而開始意識。

多虧柳夏萱，紫泱第一次在班級活動上被注意，大家出聲表示贊同。

見紫泱垂下眉毛，用有些傷腦筋的眼神看向座位前方的柳夏萱，柳夏萱則是回過頭來露出笑容，彷彿在說「小紫一定沒問題」。

從旁觀看著這樣的情景，我淺淺笑道：「這不是挺好的嗎？」

紫泱看著我，微嘆一口氣。「你們串通好的嗎？」

「才沒有，我覺得妳很適合。」

儘管表面看似有些為難，我卻覺得她的內心並非不願意，只是有些顧慮。

因為每當這種時候，她總是會散發出一股內斂的喜悅，即便沒有言語說明，看她的模樣就能明白。

她輕輕揚起的嘴角，以及注視柳夏萱的神情。

都讓人一再感受到她對於這些片刻的珍惜。

後來，紫泱順利當選場外組組長。

接下來的採購組和總務組，也分別在提名票選以及該班總務股長不想節外生枝的自告奮勇之下雙雙落幕。

於是來到最後的組別，美宣組。

不知是氣力耗盡，或者是美術天生對多數人而言就是一件苦差事，班上頓時陷入死寂。

眾人面面相覷，眼角餘光不斷搜索周圍，始終沒有人開口。或許是上高二重新分班的緣故，大家還不清楚誰擅長這方面的工作，不同於場外組或採購組，還能夠藉由性格作為參考依據。

於是大家開始翻找記憶，用印象捕捉可能性。就在這一陣沉默之際……

「我提名左離鳴。」

第一排的女同學舉起手，喊出我的名字。

「上次美術課他還滿會畫畫的！」

雖然或多或少有預料到，這句話還是令我不住一震。

像是一顆小石子丟進池塘，湧起片片漣漪。這一句話讓大家的記憶開始有了落腳處，紛紛交頭接耳起來。

「啊，對喔，因為裸體太過驚人都忘了。」「你是說那個游泳的麻雀嗎？」

「哭喔，人家畫的是烏鴉，什麼麻雀。」「啊～～」

我聆聽著眾人的發言，以及投射向我的視線，腦袋喀喀運轉起來。

——上禮拜的美術課，不限主題的水彩創作。

美術課有個慣例，每當課堂創作結束後，老師會要求大家輪流分享自己的畫作，與全班一同評鑑，藉此培養鑑賞能力。

那天的課堂，我遲遲無法決定主題，但為了不讓老師再度將注意力放到自己身上，我索性放棄思考，直接提起筆開始作畫。

我沒有透過鉛筆繪製草稿，或是使用其他輔助工具描繪輪廓再上色，而是直接拿起水彩筆。

有點近乎於放空的狀態。或者說是我刻意不去思考。

當自己回過神來時，作品已經交出去了。

我畫了一隻即將溺斃在海中，拍翅掙扎的烏鴉。

整張的色調，只有濃稠的黑色，以及汪洋的深藍。

兩種色調交織出一片混濁、稱不上是色彩的顏色，如同在洗筆盤暈染開來的汙水。

輪到我分享時，這張風格有些迥異的畫引起大家的注目，班上同學似乎很意外看見這張圖——或者說訝異我會畫畫這件事，紛紛交頭接耳起來。

主因在於先前的課堂作業皆為單一主題，範圍幾乎局限在靜物寫生或是指定主題上，因此在大家的成品都相似的情形下，自然看不出太大的差別。

然而不設限的主題發揮，給予大家更多的自由與想像空間，能藉由每個人的作品感受到彼此的美感與想法。

隨著美術老師的推波助瀾，班上的討論氣氛愈來愈熱絡，數十雙眼睛直勾勾盯著我，不間斷地投來令人目眩的視線。吵雜而模糊不清的雜音干擾著意識，感覺腦內有什麼就快要引爆，身體不住發晃。

就在感覺自己好像要倒下時，柳夏萱忽然起身，硬是接下去介紹自己的作品，才轉移了大家的焦點。

「……」

想起這件事的我，不經意瞄向她的背影，發現她也正轉著頭，以擔憂的神情望著我。就和那天美術課的眼神如出一轍。

「那個……」

「他以前高一就很厲害啦。」

在我出聲拒絕的同時，另一道聲音隨之掩蓋我的低喃。我與聲音主人的目光對上，對方是高一與我同班的男同學。

雖然不算熟，但至少在這些人當中，他是少數知道我的過去的人。

當時的我，還不像現在這樣。

「而且教室布置還得名。」「對齁。」

「是我們家學藝股長的功勞呀。」「學藝股長本來就跟美宣有關吧？」

班上又是一陣沸騰，眼前的景象逐漸被不屬於自己的意識吞沒。原本想要說出口的話語，像是被迫屈服在眾人的威壓下吞回喉嚨。

「他高一還代表學校參加校外美術比賽，拿了全縣第二。」

「我好像有聽說過，在我們隔壁班。」「哇……真的假的？」

他們七嘴八舌地討論，挖出我高一曾經參加比賽的事蹟，有人甚至開始偷偷用手機搜尋。

「欸，左離鳴，真的嗎？」

「呃……」身邊的同學轉身面向我，我只能含糊其辭。

「真的有欸……！」角落傳出悄悄話。「總繪盃全國高中職電腦繪圖競賽，平面組第二名，左離鳴。」

「原來我們班有大佬……」「太強啦～！」

喧譁愈加高亢，一味的誇獎宛如爆炸的氣球刺耳。眾人你一言我一語，將字句化作細針，翻攪著我的胸口深處，又刺、又戳，流出陣陣血水。

我的呼吸開始粗重起來，肩膀像是被岩石狠狠壓住，視野愈發狹窄，能看見的只有腿上發顫的右手。

耳畔每傳來一句話，身體的水分彷彿就蒸發一些；想要開口卻如鯁在喉，擠不出任何聲音。

沒有人察覺到我的異狀，耳鳴的躁動沒有停止的跡象，眾人依然不負責任地拋擲任性的感想。

「我……」

想要拒絕。但是沒有人注意，也沒有人在意。

猶如一壺沸騰的熱開水，蒸氣向上噴發燙傷我的臉，沒有人願意熄滅火焰，放任底部逐漸焦黑——

「好啦好啦，快點投票。」「那大家鼓掌通過……？」

「贊成！」「趕快投一投吧，要下課了。」

「等一下啦，你們又沒問過本人意願，走正常程序啦。」「沒有其他人要提名了吧？」

「不是那麼嚴重的事，大驚小怪。」「話不能這樣說吧～」

「夠了，汝等通通肅——」

「——你們不要太過分了！」

剎那間，一道凌空的聲音響起，輾過眾人的喧譁。

沉重而厚實的拍響，蘊含著某股勢不可遏的慍怒。

我愕然抬起頭，聞著這道聲音來源望去——只見柳夏萱撐住桌子，站了起來。

她轉過身，以嗔怒的眉目對著我——或者說我周圍所有一切，大聲吶喊：

「不管本人的意願，只顧著自說自話，你們不會太過分了嗎!?」

突如其來的驟變使全場頓時安靜下來。

「本人什麼話都沒說，你們一直七嘴八舌討論個不停，還擅自替他做決定！這樣太超過了吧!!」

就連剛才被打斷的班導也愣愣望著這位平時謙遜有禮，此刻卻風雲變色的模範班長。

「不行這樣吧……！」

用力的嘶喊，使眾人將注意力放到她那漸顯扭曲的臉蛋上。微紅的眼角泛出一滴淚珠，滾落她的臉龐。

方才感受到的滔天怒氣，隨著滴落至桌面的淚珠瞬間崩散。

「你們一點都不在乎……」

猶如雷鳴轉瞬消逝，柳夏萱垂下了頭。

「你們有看到他的表情嗎……」

髮絲遮住她嬌小的側臉，看似脆弱的肩膀跟著發抖。

「奇怪……太奇怪了吧……怎麼可以這樣，太過分了………」

全場空氣如寒冰凍結。數十雙眼睛怔怔注視著眼前這名少女，沒有任何人知道為什麼她會有這麼劇烈的反應。

為什麼要為了一個簡單的幹部選拔發這麼大的怒火。

沒有人知道，包含此刻的我。

「…………」

不過，我至少知道一件事。這看似過激且不合乎柳夏萱形象的舉動，絕對不是空穴來風，我能這麼肯定。

因為柳夏萱，是一路陪我走過來的人。

看著她兩手緊抓裙襬、暗自發抖的模樣，讓我憶起當年在公園，初次與她相見的場景。

「……呼。」

我深呼吸，吐出一口氣，讓內心平穩下來。

多虧她，我知道自己現在該怎麼做了。

我朝著講臺舉起手，站起身子，讓大家將注意力放到我身上。

「不好意思，我沒有當美宣長的意願。」

班導沉著地注視我，簡單地表示理解後便繼續主持班會，結束最後的流程。

柳夏萱以洗手間為由暫時離開教室。

美宣組組長以抽籤作結。

原先歡鬧的校慶園遊會討論，在微妙的氣氛下落幕。

那天放學，柳夏萱沒有現身。

我和紫泱來到排球場，詢問排球社的成員，他們都表示不知道柳夏萱的去向。

今天班會後就是這樣。

即便我下課想要找她攀談，人卻都不在位子上，直到上課鐘響才回來，就像是刻意躲起來。放學後的現在也是一樣，不見蹤影。

以前也發生過這種事。

我望著明明只少一個人，看起來卻空蕩蕩的球場。

「紫泱——」

「快去吧。」

話才剛說出口，紫泱便像是早就料到我要說什麼一樣。

「你要去找夏萱吧？」

「……嗯。」我點了頭。下一秒，她忽然朝我伸出手來。

「做什麼？」

「我今天想搭計程車。」

「很貴欸。搭公車就好了吧？」

「我今天可能會待比較晚。」

由於趕著去找柳夏萓，我沒有多想，隨意從口袋裡拿出兩百元給她。紫泱道謝後收起鈔票，望了我一眼，輕聲嘆息。

「真是的，這種時候應該要由我出面安慰夏萓，趁虛而入拉高好感度才對。」

「……」

「不過呢。」她揚起嘴角說：「這次就讓給你吧。」

接著她便沒有再多說什麼，兀自往球場走去。她從場邊捧起一顆排球，在微黃的天空下獨自一人練起低手接球。

「妳果然在這裡。」

下了公車後，我往記憶中的那座公園走去。

占地約兩座籃球場大小，種植不少矮樹叢與菩提樹，周圍的住宅區一旁設有活動中心，總是聚集不少親子和長者前來。

由於這座公園距離家裡不到五分鐘路程，小時候我經常到這裡玩耍。我與柳夏萱，也是在升小學三年級的那個暑假，在這座公園裡相遇的。

走向回憶中女孩待的那個角落，果然看見了熟悉的身影。

「啊……小左。」

坐在鞦韆上，兩手握著鐵鍊的柳夏萱抬起頭來。

還是一樣的位子。

我朝她揮揮手，把從便利商店買來，加熱過的草莓鮮奶茶遞給了她。

「哇，我正好想喝這個！謝謝你，小左。」

看到草莓就眉開眼笑，宛如獲得餵食的雛鳥，柳夏萱立刻插上吸管喝了起來。

我也坐到她旁邊的鞦韆上，拉開手上的易開罐。

溫熱的咖啡流過喉嚨，暖和寒冷的身體。隨著腳步晃動的鞦韆，以及膝蓋彎曲的幅度，使我感受到一絲異樣感。

「總覺得好擠……」

「就是啊。」身旁的雙馬尾少女笑著附和：「以前坐起來還覺得很舒服的說～」

已經很久沒有盪鞦韆了。雖然國中之後偶爾還會來這座公園，但是已經不會使用這項遊樂器材，因為周圍的小孩太多了。

所以臀部底下的橡膠坐墊，和記憶中的觸感有些差距。

不過，一見如故的水管溜滑梯，由千歲綠與暗酒紅色拼貼而成的地墊，圍起公園的蓊鬱樹林，仍舊帶回不少親切感，只是稍微像掉了一層漆一樣褪色。

「有點懷念呢。」

柳夏萱一邊還著，靜靜望向頭頂的天空。

我沒有回話，只是在心裡默默點頭。

這又讓我回想起不久前的放學，還有上個週末吃晚餐的事。仔細回想，那都是未來會讓人感到一絲懷念的時刻。大概從今年開始，我們便很少那麼做了。

像現在這樣，有如對照過去一般，回到兒時共有記憶的場所，觀看熟悉的風景。

不知不覺改變了，又在不知不覺間有了新的變化。

「所以呢，小左你怎麼來了？」柳夏萱放下鋁箔包，轉頭問道。「你現在不是應該跟小紫一起打排球嗎？」

「我跟她說我先走了，現在應該在自己打吧。」

「咦，什麼!?」她倏地睜大雙眼。「小左你太過分了！居然放小紫一個人！」

「這什麼話……我又不是她保姆。」而且她想一起打排球的人才不是我。

「這跟保姆沒有關係！小紫剛轉來不久，跟他們還不熟啦！放她一個人太可憐了！」

「也相處一陣子了吧……妳要是這麼在意就留下來啊？」

「我、我以為小左會跟她一起嘛……」柳夏萱小聲嘟囔，縮回鞦韆上。「怎麼辦，明天要不要跟她道歉……」

我見狀，苦笑了出來。居然這種時候還在替別人著想，也太過度保護了，真是的。

不過，大概正是這種性格，才造就了如今的柳夏萱吧。

所以，做出那樣舉動的她，讓人無法放著不管。

我又飲下一口咖啡，望向前方的遊樂設施。幾個孩子正開心地在紅藍黃相接的大水管裡來回穿梭。彷彿永遠不會累的腳步聲啪噠奏響，天真嘹亮的嬉鬧飄向天際，像是聽著就可以回到童年。

「跟以前一樣，妳心情不好就會跑來這裡。」我望著眼前的景象，將自己的身影與地上躍動的小小影子重疊起來。

「嗯。」柳夏萱輕聲答道。「而且小左每次都會跟過來。」

「講得好像我是跟屁蟲一樣。」

「以跟屁蟲來說，小左算是很盡責的類型呢。」

「跟屁蟲還有分等級喔……」

或許就和雙胞胎心有靈犀一樣，身為青梅竹馬，可能也有類似的雷達存在吧。自認識以來，記憶中每隔一段時間，我總能在這裡找到她的影子，這也是我偶爾會來這座公園的理由。

宛若她的專屬避風港。

「但是如果跑到其他地方，小左就找不到了呢。」

「只要沿路灑草莓，妳就會像小狗一樣出現吧。」

「好過分！」柳夏萱不滿地喊道，用力吸一口奶茶，撲哈一聲朝我瞪來，接著我們相視而笑。

「你每次都這樣。」

「哪樣？」

「每次都用這種方式趕走我的壞心情。」

「……我沒幹麼啊？」

「就是沒幹麼才好啊～」她瞇細了雙眼。「如果是別人的話，就會問一些必須從頭到尾解釋的問題，很累人的～」

「是這樣嗎……」

我不太懂得如何應付情緒，更不擅長安慰人。所以每當這種時候，都盡可能讓自己維持平常，讓相處和平時一樣。或許是這樣，才讓她有這種感受吧。

如果能被視為一種體貼，倒也不是什麼壞事。

接下來我們彷彿打開了塵封已久的話匣子，毫無目的地閒聊。

這個地方對我們來說，是可以放鬆身心和寄託某種事物的場所，即使沉默也不覺得尷尬，就算沒說話，也不必絞盡腦汁想要說些什麼。

沒有壓力，沒有社交的期待，就像傳紙條一樣不用立刻回覆，只要靜靜享受時間的流逝。等到有人回傳，話題就會像微微轉開的水龍頭般自然延續下去。

我想，這大概是獨屬於和相處許久，並擁有一定默契的夥伴才做得到的事。如果可以，希望這樣的時間能久一點。

不過，時間不會永遠靜止，總是會有更多過去被拋棄。

夕陽漸沉，那些矮小的影子被拉得細長，翠綠染上橙黃，已經到了回家的時間。

下一個話題，差不多就是最後了。

嘶嚕嘶嚕——

鋁箔包空掉的聲音溜過這片寂靜。柳夏萱將手上的鋁箔包，放在白潤的大腿上。

「小左，對不起喔。」

然後道了歉。

「幹麼對不起？」

雖然預想到會是這個話題，但我不明白為何她要道歉。真要說起來也是我道歉才對。

「說不定小左……不，以小左的個性而言，肯定不想引人注目吧。那時候班導明明已經出聲制止，可是我還是忍不住，害得焦點全部轉移到小左身上。」

她哈哈乾笑了兩聲，轉過頭來，垂下眼角。

「其實，我不該說那些話的。因為我跟他們一樣，都擅自決定了小左的意志。」

「……不，妳沒有，我確實不想當什麼美宣組長。」

而且她當時替我發聲，我反而應該要感謝她，否則現在結果可能就不一樣了。

「所以妳和他們不同。」

只見柳夏萱搖了搖頭。

「開學的時候，我就做過一樣的事了。」

「妳指拱我當學藝股長這件事？」

她點了頭，我苦笑道：「這又沒什麼，以前也當過啊，反正同樣的職務很快就能夠熟悉。」

以前國中的時候，我們也曾經以班長和學藝股長的身分作過搭配，或許她是想要重溫那樣的時光。

「但我不是那樣想的。」

「……咦？」

柳夏萱捏緊手上的鋁箔包，幾滴半透明的粉紅色液體從吸管擠了出來。她以低沉的嗓音說道：

「我那時候想的是，如果小左再次當上學藝股長，說不定就會重新開始畫畫了。」

「…………」

「很好笑對吧？我根本沒想清楚，其實這兩件事根本八竿子打不著。」

「……萱。」

「結果不僅多管了閒事，反而到現在，小左還因為學藝股長的身分，被大家強行推上臺，做自己不想做的事……」

她吐出又長又遠的白色吐息。

「所以說～仔細想想，我根本就沒資格發飆嘛。」

接著仰望茜色的天空，嘴角掛著一抹自嘲。

「大家一定覺得很莫名其妙，『當初要他當學藝股長的人可是妳哦！』結果現在卻當著全班的面大放厥詞……啊啊！好想死！我當時怎麼會那麼大聲說話啦！有夠丟臉的，嗚啊～～～」

柳夏萱的心情一下低落，一下為自己的行為感到羞恥而揮舞手臂。

我看著眼前熟悉的側影，心想。

這樣啊。雖然隱約有這種感覺，不過從本人口中證實又是另一回事。

她自願當班長沒什麼好稀奇的，從國中之後她就一直是這樣，不過在沒有知會的情況下擅自提名我確實有些反常。如果是因為那樣的理由，我就能理解了。

原來她一直是這麼想的。

以她的性格，肯定全力顧慮著我，認為是她害得我背負壓力，感到內疚，然後不斷責備自己吧。

今天的班會，要是自己當初沒有那麼做，就不會演變成那樣的局面，她肯定會這麼想。肯定會將所有責任都攬在自己身上，壓得自己喘不過氣，我對這點深信不疑。

因為她是柳夏萱。

是我所熟悉的那個有點膽小、凡事替他人著想的女孩，而不是現在這個總是開朗的她。

還是跟以前一樣讓人放不下心啊。我邊想著邊將最後一口咖啡飲盡，捏扁手上的鋁罐。

「不要緊的。」

「怎麼會不要緊……我超丟臉，而且還讓小左……」

「妳不是替我出面了嗎？光這樣就夠了吧。」

「……可是……」

「妳確實那麼做了，依照自己的理由行動。妳可能覺得自己做了跟大家一樣的事，但是別忘了，我才是那個做決定的人，所以妳不用認為是自己的錯。」

「小左……」

我轉過身去，頓了一頓。

「而且比起我，我倒覺得妳更應該為自己著想一點。」

「……我？為什麼？」她歪過頭，我轉以帶有惡趣味的口吻回答：「妳可是在全班面前幹了那種事哦，比起擔心我，妳還是想想明天進班後要怎麼辦吧。」

「嗚啊～不要提醒我啦！」她露出泫然欲泣的表情，半瞇著眼譴責我。我笑出聲，她也跟著笑了出來。

「謝謝你，小左。但是學藝股長的事，你真的沒關係嗎？」她抬起眼，露出確認的眼神。

「沒關係。雖說是學藝，大多還是做跟繪畫無關的雜務。」

「這麼說也是。」她笑道。

像是每節下課把教師日誌拿給授課老師簽名，紀錄上課內容，被教學單位傳喚，處理各個科目的作業搜查，還要負責教室的環境美化……諸如此類不知道與「學藝」有何關聯的工作。所以才又叫作工具人股長。

我一邊想著這些無謂的事，一邊放空望向遠方。

「而且啊，這樣反而能夠不去胡思亂想……」

……啊。

不經意脫口的一句話，讓我發現自己說錯話了。

「哎……？」柳夏萱一征，倏地與我對上眼。

「小左你的意思是……你果然還是——」她猛地轉過身，猶如發現夜空中的流星，卻被我迴避了視線。

「…………」

不曉得她現在是什麼表情。我能感覺到她細微的呼吸聲，甚至能夠想像她沉下去的面容。

——啪！

一陣拍響，使我重新抬頭。

一看，柳夏萱的雙掌貼著自己的雙頰——明顯是用力打了自己的臉。她眼睛緊閉，接著深吸一口氣，於胸口握拳，離開了鞦韆。

「我決定了。」

她站到我面前，臉頰紅了，卻以富滿元氣的嗓音喊道：

「小左的事情，就由小左決定，我不會再干涉了！而且——我會無條件支持你的決定！」

「喔、喔……」面對她一氣呵成的發言和凜然的氣勢，我一時不知該作何反應。

……倒是剛才那下不痛嗎？

趁我還沒從僵直狀態回過神，柳夏萱順勢搶走我手上的空鋁罐，用像是有什麼急事的態度，倉促地說：

「那麼今天就先這樣，我先走了喔！小左，今天謝謝你，下次再換我請客吧！明天見～」

沒等到我回應，她便搖擺著兩束馬尾向前跑去，飄盪的裙襬像風一樣消失在公園入口。

等到她完全脫離視線範圍之後，我才像是終於回過神般，眨了眨眼，握起空空如也的手掌。

剛才說過的話重新浮現腦海。

這樣反而能夠不去胡思亂想……

我怎麼會說出這種話？是因為放鬆下來了才鬆懈了嗎？

就像是積蓄在胸口已久的某種黏稠情感，終於找到機會撬開嘴巴，急欲傳達給我之外的某個人聽。

近似告解，又形同哀求。我無法理解自己為何會說出那種話，因為那聽起來……

「就好像我還有留戀一樣啊……」

我握緊拳頭，抓住的卻只有殘留於指縫的虛冷空氣。

混雜著咖啡苦澀的吐息，隨著消失於公園的孩童嘻笑聲，飄散在清冷的晚風中。

天色完全暗了下來。

周圍的路燈被點亮，發出像要融化夜色的光輝。大片雲朵遮住天空，分辨不出今晚月亮的形狀，只從雲隙間散發出朦朧的光影。

在低垂的夜幕下，一切都顯得曖昧不清。

方才嬉鬧的公園早已空無一人，只有馬路呼嘯而過的引擎聲嗡嗡作響，從樹叢間掠過的某道暗黃色殘影，讓我回過神來。

紫決應該到家了吧。只是晚餐通常是由我準備。我看了眼手機，現在晚上八點，她肯定餓壞了。

我趕緊從鞦韆上起身，離開公園。

穿過幾個巷口，不到五分鐘便抵達家門。我將鑰匙插進鑰匙孔，轉開門把——

「歡迎回來～」

悅耳的嗓音與一道人影同時出現在面前。像是為了嚇我一跳，紫決刻意在開門的瞬間逼近。

她彎下柔軟的腰肢，以嬌媚的語氣眨眼道：「請問你是要先洗澡，要先吃飯，還是要……先・吃・我・呢？」

「……妳是哪個年代的動畫人物？」

「這是預演將來跟夏萱結婚的場景。」

「妳肯定是網路用太多了。」

「我可是順便完成了你這輩子不可能達成的夢想，要好好感謝我喔。」

「不要擅自斷定別人的夢想！」

「所以呢？」

「吃飯。」我把書包放到旁邊的沙發上，取出錢包。「等我一下，我馬上回來。」

「晚餐的話，已經買好嘍。」紫泱卻說出意想不到的發言。我往餐桌一望，發現餐桌上確實擺著兩份餐盒。

「慢著，妳哪來的錢？」

雖然給了她兩百元當計程車錢，但是扣掉單程費用後根本不夠買兩份晚餐，這裡可是一片雞排要價一百元的活吃人都市。

「我跟司機大哥說我忘記帶錢。」

「詐欺啊！」

「開玩笑的啦，我有好好殺價。」

「妳當計程車菜市場嗎！」不要剝削辛苦的勞動階級啊。她大概是後來她才解釋，她是搭公車回來的，當時跟我多拿錢是為了買晚餐。預料到我會花不少時間吧，她在某些細節真的很細心。

今天的晚餐是奶油培根義大利麵。看到包裝便能認出這是附近一臺義式餐車的料理。由於價格親民又分量多，相當受街坊鄰居的喜愛，是我也時常光顧的愛店。肚子已經餓得咕嚕咕嚕叫，我坐下之後，專注地扒起義大利麵。

「看起來餓壞了呢。」

「嗯……？畢竟都過了晚餐時間。」今天的精神耗損量也不低，連帶消耗許多血糖，回過神來才發現自己餓昏頭了。

「不過，妳怎麼知道這家？」

「我下公車後在附近亂逛偶然找到的。」

「這樣嗎……」

好巧不巧，這家店剛好就位於那座公園不遠處，距離一條街的位置。搞不好她都看到了。

「……」一想起剛才的情景，我的手不自覺停了下來。

「還好嗎？」我抬起頭，才發現紫泱托著腮微笑看著我，晚餐一口都還沒吃。

「嗯，沒事。」反觀自己已經少掉一半的麵碗，好像時間跟著被吞掉一樣，沒有感受到中間的過程。

就和幾小時前一樣。明明剛過沒多久，對於公園的談話卻沒有什麼實感。

「是嗎？」紫泱拿起叉子，挑弄碗裡的麵條，像在思考我的反應。氣氛有些微妙，於是我接續說道：

「我後來有找到萱，我們在公園聊了一下。」

「嗯，我有看到。」她坦然承認。

「果然有看到啊……」

「畢竟都是小孩子的公園裡頭，你們很突兀嘛。啊，不過我可沒偷聽哦，我不做那種事。」像是猜出我的疑慮，她率先丟出這句話。

「我知道，妳不是會做那種事的人。」

「哼……這麼信任我？」她以玩味的語氣道。

「……一種感覺吧。」如果不是這樣，當初我也不會收留她，雖然那只是毫無根據的直覺。

「我的榮幸。那夏萱她還好嗎？」

「她……沒事吧，大概。」

「大概嗎？」紫泱用近似自言自語的口吻回應，接著說：「但你看起來不像沒事的樣子。」

「……我？」

「嗯。」

「幹麼扯到我，不是在講萱的事嗎？」

「哈？你是笨蛋嗎？」她瞬間瞇起眼，散發出一股小小的魄力，將叉子指向我。雖說是問句，她的口氣篤定得我就是笨蛋一樣。

「夏萱之所以會有那種反應是因為你吧？別說得事不關己。」

「但這是兩回事吧？」

「……你果然是笨蛋。」紫泱嘆了一口氣，露出像是看待無救之人的眼神。

「解鈴還需繫鈴人。夏萱既然因為你心情不好，那就必須從你這個問題根源著手。如果本源沒有被消滅，難保夏萱之後還會受影響。」

「講得好像我是什麼病毒一樣……」

「是呀，就是病毒，還悄悄擴散到班上去囉。」

「…………」

想起今天班會的情況，以及下課後感受到的側目，令我一陣啞然。

起因是我，把柳夏萱牽扯進來，害情況變得複雜的人也是我，對此我心知肚明。只不過，我也不認為需要向大家解釋什麼。

「……我自己的事情會自己想辦法。」

對於無意間讓柳夏萱承擔壓力這件事已經發生，因此不能再把她給拖下水了，已經夠對不起她了。

屬於自己的問題，必須由自己解決。無法解決的就交由時間撫平，等到大家淡忘後疙瘩也會隨之消去。只要這樣就沒問題。

「……唉，真是的。」

視線不及之處，傳來一聲輕嘆。

「我說你啊，沒必要一個人苦撐吧？」

「……？」我聞言抬頭，只見一對深邃的眼眸凝視著我。裡頭蘊含的情感帶有某種純粹的光輝，猶如鏡面反射一樣。

「看你這樣子，平常肯定都不跟誰說吧。」

她微微勾起的嘴角，彷彿要把什麼東西給勾破。

「這樣難道不難受嗎？」

「……妳在說什麼？」

「左同學，都已經到這個地步了，就別再裝了吧。有時候坦率一點，會比較討人喜歡喔。」

「坦率……？」

「我都看到了。」她露出了然於心的表情道：「雖然你什麼都沒說，但我都看到了。」

「看到？看到什麼？」

「全部。」紫泱輕眨雙眼。「跟你住的這段期間，讓我有機會察覺。」

「察覺什麼？」

「你的房間。」

「房間……？」我皺起眉頭。「這跟房間有什麼關係？」

「你還記得我之前，是怎麼形容你的房間的嗎？」

「之前……」我回想起她住進我家後，隔天一大早闖進我房間的那天。「妳說很乾淨。」

紫泱點了點頭，接續說道：「每個人的房間，就像自己內心的一塊角落，會反映出房間主人的性格和喜好，甚至過往。」

面對我不解的表情，紫泱不疾不徐地解釋。

「有人的房間凌亂，代表他可能是個不拘小節或擅長從生活尋找靈感的人；有人的房間貼滿樂團海報，顯示他可能喜歡音樂或偶像，甚至有接觸樂團；有人的房間昏暗，代表他可能重視獨處，不喜歡被打擾。」

她舉了幾個容易讓人理解的例子，繼續說明。

「當然，片面的解讀不能當作全貌來理解，就和月暈效應一樣——不過，有時候『真實』就藏在這之間，是想掩蓋也掩蓋不了的。」

「……妳想說什麼？」

「你的房間，用兩個字來形容的話就是『乾淨』。」

紫泱露出一抹彷彿看透人心的微笑。「那種乾淨簡直就像是，藏起了什麼東西一樣。」

「……」

「牆壁什麼都沒有，沒有海報，沒有相框，沒有任何裝飾物，只有孔洞和風乾硬化的殘膠。紙箱堆在櫃子裡，物品擺放井然有序，卻積了很多灰塵沒有清理。看上去是很乾淨沒錯，可是——那卻像是將某種曾經存在過的事物，給抹消掉的不自然的乾淨。」

紫泱用細緻的觀察力，描述出我房間的樣貌。

經她這麼一說，我才發現原來我的房間在他人眼中是這副模樣。一股令人難耐且赤裸的羞恥湧上心頭。我當初為何不鎖門。

「當然只憑這些沒辦法證明什麼，不過你曾經說你參加過插畫社，再加上上週美術課跟今天班會發生的事，線索一下子就串起來了。」

紫泱像是將至今所有的碎片攤在桌上，偏過頭去，以理所當然的語氣笑道。

「有了這些，就足以推敲出事實了吧？左同學。」

「…………」

我沉默著，不知道該作何回應。

紫泱沒有繼續追問，只是看似等得無聊，她開始轉動起塑膠叉，纏起塗滿奶油的麵團，送入口中。

平凡的進食動作，她做起來卻不知為何有種優雅的感覺。舞動握柄，從凌亂中抽絲剝繭，捲成恰到好處的大小，吸入脣瓣之間。盛滿的紙碗，正一點一滴消瘦下去。

我就這樣靜靜看著她吃麵，不管時間流逝。反觀自己，剛才還吃得津津有味的麵條，此時最上面那層奶油已經凝固。

我低下頭去，輕輕戳著有點乾掉的培根，低聲問道。

「……很明顯嗎？」

她微微抬眼，像是終於等到我接話，慢條斯理地嚥下麵糊之後，才緩緩開口。

「我倒想問，你哪邊覺得不明顯？」

「問我……這種事我哪會知道。」

「哼～……」她托腮望向我，輕輕笑道：「也是，你是笨蛋嘛。」

「誰是笨蛋啊。」

「因為你什麼都沒察覺啊。」她拿衛生紙擦掉嘴脣的奶油，露出惡作劇的笑容。「我原本還在想，那些紙箱裡頭該不會裝的都是色情刊物吧，害我還很擔心半夜被精力旺盛的男高中生襲擊耶。」

「這是我要說的話吧？」我可是跟一個幽靈同居欸。

紫泱嘻嘻笑著，接著垂下眼眸。「我本來是想裝作沒看到，畢竟那算是個人隱私，但如今都發生了那種事，完全不過問反而顯得不自然。」

她以平靜的口吻道出結論：「那些——都是你以前的畫，對吧？」

到這個地步，掩飾也沒用了。「……唉。」我重重地吐出一口氣，腦袋亂成一團。

自己也好，柳夏萱也好，被揭穿的過去也好。交織在此刻的現況，都已讓我無暇應對。

我抓著自己的頭髮，冷掉的奶油培根原來是這種味道。剛才還覺得很美味的食物，為什麼現在看起來這麼難吃？

「那是因為你沒有攪拌。來，啊～」

聞著聲音抬頭，紫泱將捲起的麵條遞了過來。瞄準我錯愕的時機，直接塞進我嘴裡。

「咕——」

「好吃嗎？」她歪著頭微笑。我一邊咀嚼麵條，心中湧起一股難堪、卻不感到排斥的暖意。

紫泱收回叉子，回頭拌著自己的碗。

「我不會逼你說的，每個人都有自己不想說出口的祕密，只不過……」

她抬起眼，露出至今為止最善解人意的微笑。

「有時候，說出來會比較輕鬆哦？」

望著面前的少女，心中的螺絲像是受到潤滑鬆了開來，話語順著感覺脫口而出。

「不是什麼有趣的故事哦。」

紫決瞇起雙眼，像是終於等到這一句。

「那麼，你就盡量說得有趣一點吧。」

——我的畫沒有靈魂。

當我意識到這件事的時候，是將近一年前。

令人不想面對的事實，就像午後的雷雨、驟然出軌的列車一般，毫無徵兆地降臨。

和許多人一樣，我懷有所謂的夢想。那就像裹著泥土的寶石，用手揉開後會發現裡頭絢爛的光輝，深深地吸引你的目光。

我第一次見到那道光芒，是在國小的時候，偶然閱讀到的一篇小說。

那是一篇講述兩名性格迴異的女孩相遇的故事。

一名老是愛哭、被欺負的懦弱女孩，遇上了不畏世事、沒有朋友的強悍女孩。她教她如何變得勇敢，她為她帶來名為友情的溫暖。

那是一篇相當簡短的故事，我卻被其內容深深震撼。短短幾十分鐘能夠閱讀完的篇幅，被我反覆看了好幾天。

紙頁上的一字一墨，化為繽紛的色彩，人物鮮明躍動著；單純的一撇一捺，卻構築出獨有的世界，彷彿伸手就能觸摸到微風。

那或許是我第一次深深陷入某人的故事之中無法自己，讓自己真正喜歡上故事和閱讀。

奇妙的是，我沒有因此立志成為小說家或劇本家，沒有心生也想要撰寫出那樣感動人心文字的念頭。

當時的我內心只充斥一個想法——

好想畫下來。

好想把故事裡的模樣畫下來，把那幸福的姿態揮灑於紙張。

不會是漫畫，也不能是繪本。我想保留原始的樣貌，讓其他看到的人也和我一樣，被原汁原味的深刻文字所觸動。

我——想成為一名插畫家。

我想親手替這些美好的文字賦予靈魂，將感受到的言語化為具體，使其擁有形狀。

想要藉由自己的雙手，讓角色在紙上活起來，讓色彩沾染上去，永遠活在讀者心中。

我希望自己，不，我祈禱著。

祈禱自己有朝一日——成為能夠配得上這些文字的插畫家。

從那時開始，除了上課、吃飯和睡覺，我的手上總是握著畫筆。我不斷地畫、不斷地畫、不斷地畫……每日埋首於線條和顏料之中，將一本本空白的畫冊塗滿希望。

累積一定實力後，我開始參加校內外的各式比賽，並漸漸有了成果，取得不錯的成績，幾次站上朝會的頒獎臺。

選班級幹部時，總是默默看著別人舉手的我，有一天發現自己的名字出現在黑板，上面寫著學藝股長。

雖然是人們擅自的聯想，但我很高興，覺得自己有天分，身旁的人也這麼認為，我的生活從此變得不同，增添了原先沒有的顏色。

縱使無法一步登天，我總樂觀想著，只要持續下去，總有一天一定能達成小時候立下的志願。

當時的我、不久前的我，一直是這麼想的。

然而，就像飽滿的顏料終有一日會消耗殆盡，成為乾癟癟的空殼。

那一天之後，我開始停滯。

或許那就是人們所說的江郎才盡。創作這種挖掘自己靈魂的行為，沒有人有辦法預料會在何時何地、在什麼樣的情況下，突然面臨瓶頸，接著就再也無法開始。

我發覺自己沒辦法再畫出讓自己滿意的作品。一張圖畫了，揉掉，重畫一張，再揉掉，再重畫一張，然後再揉掉，重畫、揉掉、重畫、揉掉、重畫揉掉重畫揉掉重畫揉掉重畫重畫揉掉——…………

漸漸地，我什麼都畫不出來。

我咬緊牙根掙扎，努力擺脫這樣的困境，但隨著日子不斷增疊，一旦下筆，排山倒海的壓力便席捲而來，每一次都愈發輕易、且沉重。

為什麼做不到，為什麼畫不了，為什麼只能到這裡，為什麼腦海一片空白……為什麼什麼都感受不到。

——為什麼畫畫這麼痛苦？

溺水的烏鴉——我在美術課上的創作。

廣袤無邊的大海裡，牠深知自己即將溺斃，翅膀早已濡溼，再也飛不起來。

牠知道，只要持續振翅掙扎，或許終有重獲氧氣的一天。

與此同時，牠也深知一件事——那是最為確切的事實和絕望。

最後能夠得救的未必是牠。

那麼，牠到底還在期盼些什麼呢？

僅僅是滄海一粟，就算沉進海底，肯定也沒有人會發現吧。

與其放任自己痛苦，倒不如乾脆一點讓自己解脫。認清現實，不再做夢，想必能活得更加輕鬆。

沒錯，作為只相信自己所見之物為真實的生物，無須至死方休，只要能夠找到說服自己繼續活著的理由就好了。

避免失敗的唯一方法，就是不去挑戰任何事情。

放棄就好。

這樣就好。

所謂的追夢——不過是逐漸溺斃的過程而已。

第六・五章

哐啷——！

鋁罐丟進回收桶裡，發出清脆的聲響。

我獨自走在與回家完全相反的路上，來到了平時根本不會來的地方。

我的大腦亂成一團，如果不在戶外多走走呼吸新鮮空氣，我一定會受不了。

我到底怎麼了呢？今天課堂上的舉動，連我自己都嚇一跳。

起初，只是覺得心中又升起了不耐的情緒。團體中總是會有人擅自說些不負責任的話，沒有自覺地把言語化作利刃，去割傷與自己毫無相干的人。

照理說，面對這種情況我會出面制止，但不會用這麼激烈的方式。

只是，今天的小左，看起來特別痛苦。

果然是因為美術課的事嗎？不……那頂多只是導火線，而且罪魁禍首根本不是他。當時事情愈演愈烈，本來想好好藉由班長身分轉移話題的我，一見到他那扭曲的眉頭和嘴角，所有預先想好的話全都吞回了肚子裡。

取而代之的，是在胸口竄起且悶燒的無名情緒，伴隨吵雜的聲音愈發張狂。我可以順理成章地將其歸咎在口無遮攔的人們身上，怪罪於群體，而我也確實那麼做了。

只是我才發火沒幾句，就說不下去了。

因為，我窺見了自己的影子。

指著他們的鼻頭大聲斥罵，實際上卻是對自己的懲戒，眼淚不爭氣地流了出來。

——你們不要太過分了！

我沒有資格說這句話，根本沒有。

我做過一樣的事。

暗自在心中抱有期待，用迂迴的方式希冀他人接收到自己的心意，再將一切不負責任地推給對方。

我知道，真正過分的人其實是自己。可是，我卻一點也不後悔，這才是最讓人討厭的地方。

……為什麼開始憐憫起自己了？明明最難受的人不是我才對。

那之後已經過去了快一年，他至今還是會露出那種表情，每每看著都讓我的心像是被刀割一樣痛。

我總是沒能陪在他身邊，像他對待我那樣。

不論是喜悅、難過，愉快或是悲傷，他總能在第一時間趕到我身旁，與我一同分享、承擔，聽我訴苦，陪我大笑。那都讓我好開心。

我覺得只要有他在，天就不會真正塌下來。這是從小在我心中根深柢固的任性。

所以，我才會像之前一樣，一聲不響跑到公園。因為我知道，他一定會找到我。

——但是如果跑到其他地方，小左就找不到了呢。

我想說的是，人一旦真心想要藏起自己，那是任誰也找不到的。即便近在咫尺，我也有把握不被發現。

可是我不會那麼做。不會躲到其他地方去，我希望他可以永遠找到我。我希望他可以一直陪在我身邊。

而且他一定會。

好自私，好討厭說出這種話、有這樣想法的自己。

道歉也好，最後的宣稱也好，都只是為了自我滿足，讓自己不那麼歉疚罷了。

我不想再這樣，毒害他也荼毒自己。但是到底要怎麼做，我一點頭緒也沒有。

剛才小左那欲言又止的模樣，讓我心中又燃起了一絲期盼，好險這次我及時阻止自己了。

果然他很努力。很努力地騙自己。騙自己努力了那麼多年，最終還是得屈服於無理的現實。

想必他總是一個人在我不知道的地方懊悔著，獨自戰鬥，然後倒下。或許他有想要尋求依靠的時候，但他從不在我面前落淚。

可是我明白，看不見的淚水，往往才最難以承受。

那是無處安放的悲鳴。

不知不覺間，我又繞回了這座公園。回到這裡時他已經不在了，只剩下涼颼颼的晚風和孤獨的鞦韆。

我坐回那個熟悉的位置，低頭撇向一旁的空位。

「……告訴我啊。」

吶，告訴我啊，小左。

能不能告訴我，你到底在想什麼？

能不能不要再自己一個人苦撐？能不能讓我知道，我其實有被依靠的價值，哪怕只有一點點也好。

我不希望拯救你的是別人，可是我也不想讓出這個位子。

如果可以，多希望我也能像當年的你一樣，出現在毫無辦法的自己身旁。
月亮躲了起來，我將頭埋進膝蓋，深怕沙子吹進眼睛裡。

第七章　前夕

隔天放學後，我來到學校附近的大賣場。

校慶園遊會的分組，後來我被分配到了負責採買以及籌備試做的採購組，組內成員約好今天前往採買。

由於股長的工作耽擱，我晚了幾分鐘出發。當我抵達集合地點，與我同組的柳夏萱正混在人群中，與班上的女同學聊天。

看見柳夏萱談笑自如的模樣，我急促的腳步不自覺放慢下來。

我本來還擔心昨天那件事，會不會對柳夏萱在班上的人際關係造成影響，看來是我在庸人自擾。

的確一早進教室後，能感受到若有似無的視線集中在柳夏萱身上徘徊，空氣瀰漫的不協調感像是羽毛一樣不斷搔癢我的皮膚，令我渾身不自在。

然而意外地，柳夏萱在無形間消除了這股氣氛。

要說她做了什麼，大概什麼也沒做，可能只是我看不出來。在我眼裡，她就只是和大家像平常一樣相處，就像什麼事都沒發生過。才經過短短一個上午，班上尷尬的氛圍便不復存在，恢復以往的樣貌。

老實說，我完全不知道她是怎麼辦到的。也許是拜平時累積的人望，抑或是本身天然的性格所致。無論如何，對於現況我鬆了一口氣。

「啊，小左來了！」

柳夏萱第一時間察覺我，不畏目光地朝我揮手，約莫七、八名的組員見狀，一同朝我看了過來。

要說真有哪裡不一樣，大概就是他們開始會露出像現在這樣不知所以然的笑容點著頭。感覺深究會很麻煩，還是趕快結束採買吧。

我們一行人出發前往二樓，推著一臺手推車，漫步在寬敞明亮的賣場裡，依照採購清單尋找需要的材料。

首先是製作鬆餅需要的消耗性食材，鬆餅粉、雞蛋、鮮奶、奶油，以及配料和醬汁。我們依據食譜抓取需要的量，將這些必需品優先放入推車內。

再來是搭配鬆餅的飲品，我們選擇蔓越莓汁出戰。儘管在冬天販賣熱飲是個好選擇，但我們覺得這種日子果然還是要配冷飲。

最後，我們將紙盤與餐具等容器，還有美宣組需要用到的材料購入完畢後，便在賣場四處閒晃，悠哉地前往櫃檯結帳。

走到一半，柳夏萱忽然脫離人群，走到不遠處的一片方格網前。似乎是女性飾品區，上頭陳列著各式琳琅滿目的髮飾品。

我走近一瞧，發現柳夏萱正緊盯著兩個不同款式的髮圈，馬尾不斷左右晃動，像是在猶豫套餐要搭配薯條還是雞塊。

但如果是她的話，也許更加單純。

「萱，妳在幹麼？」

「唔哇！」被我突然出聲嚇到，柳夏萱一抖發出怪叫。「什麼啊，小左你不要亂嚇人啦！」

「是妳太專心了。妳在看什麼？」

聞言，柳夏萱各自將左、右手抬了起來。「小左你看，這兩個都好可愛，根本沒辦法選擇！」

果不其然，她正在挑選兩款不同樣式的草莓髮飾。

一個是帶有漸層及柔和色感的粉紅色，上頭點綴著淡綠色葉片，外觀典雅可愛；另一個則是外觀形似槲寄生，綁著鈴鐺和緞帶的鮮紅色，散發一股充沛的活力感。

我能理解她猶豫的點，也很想要給出具體的建議，但老實說在我眼裡，它們就只是草莓。

「既然都喜歡，那就兩個都買不就好了？」

「說是這麼說啦，但這樣感覺就輸了……」妳是在跟什麼東西競爭啊。

看著她瞇起眼，在兩個髮飾之間來回端詳的模樣，我心想，就算她哪天把頭頂染成綠色都不奇怪。

我的嘴角放鬆下來，朝著她說：「不然妳隨便挑一個，另一個我送妳吧。」

「咦？不用啦！這又沒多少錢。」

「可是我看妳很糾結。」

「因為兩個都很可愛……」

「所以說兩個都買不就好了？」

「唔……我想靠自己決定。」說完，她又低頭來回審視兩個髮圈。她有時真的很容易在小細節上較真，明明平時那麼粗枝大葉。

我搔了搔頭，真沒辦法。本來是打算順勢還她人情的。我掃了一眼，拿起另一邊的白雪草莓髮飾，對她說道：「那我就送妳這個吧。」

「咦？」她抬頭，狐疑地問：「為什麼？」

「這是謝禮。」

「謝禮…………啊！你還在說昨天的事對不對！」她察覺到我這麼做的用意，連忙轉以像是斥責的口吻：「就說不用啦，那明明就不是小左的問題……」

「我指的是上次的晚餐。」

然而在她說下去前，我率先說明。

「……晚餐？」

上個週末，陪同紫泱購物的我在百貨公司不小心撞見柳夏萱後，受她邀請一起共進晚餐。我當時因為錢包不在身上而向她借錢，結果卻被她請客了。

聽見我搬出的理由後，只見柳夏萱瞇細雙眼，抬頭盯著我看了良久。

「……小左好狡猾。」

「哪裡狡猾？」我笑著問。

「你明明就知道我在說什麼……」

「喂～夏萱，妳看這個。」

這時，一名站在服飾區的女同學叫了她的名字，似乎是看見了好看的衣服。只不過當她的視線對焦到我們身上時——

「啊，什麼都沒有。打擾你們小倆口了，抱歉。」說完她鞠躬敬禮，掉頭就走。

「什、什麼小倆口！小亞妳不要亂說！」柳夏萱慌張地回應，跑向正掩嘴竊笑的女同學。離開前她像是想到什麼，噘著嘴回過頭。

「這次就算小左贏……下次我會討回來的！」

「所以說妳到底在跟什麼競爭啊。」

柳夏萱吐了下舌頭，我無奈地回以苦笑。正當我打算轉身前往結帳，眼角忽然被什麼給勾住，使我停下腳步。

方格網的另一側角落，掛著一支不起眼，卻莫名有存在感的碎花髮夾。

由三片交疊的粉蝶花作為主體，以湖水綠枝條作為陪襯，形狀有如戴在希臘女神頭上的花圈，給人一股淡雅的印象。

看著這支髮夾，腦海忽然浮現一名人影。

安靜坐在餐桌前的那名紫髮少女。

讓我回想起昨晚的事。

那之後，我將以前的事說給了紫泱聽。關於我小時候讀到的那篇小說、夢想的契機，以及放棄插畫的原因。

也許是某種反作用力，平時不向誰傾訴的話語掀起巨浪，彷彿淹沒了某個開關，讓嘴巴像是壞掉的止水閥說個不停。回過神來，已經超過晚上十點。

在這漫長又轉瞬即逝的時間裡，紫泱一次也沒有打斷我說話。既沒有表現出不耐的情緒，也沒有面露疲態，只是偶爾出聲附和，像是溫柔地幫助話題持續推進。

她是個稱職的聆聽者，讓我得以毫無顧忌地吐露一切。當回到房間後，摻雜著自我厭惡以及羞恥的情緒才一口氣湧了上來。

說來也奇怪，我並不後悔這麼做。並不是因為這麼做得到了救贖，或是積累已久的情感得以宣洩，而是在那段時間裡，我似乎在做夢一樣。

不用顧慮現實他人的眼光，或是自己難堪的情緒被誰發現，只是順著夢境，隨著感覺前行。

是因為紫泱是相識不久的人嗎？還是因為她的真實身分，使我以另一種目光看待她呢？

也許只是因為，和她相處在一起很自在。

簡單的答案，讓我的內心放鬆了下來。

手上的髮飾相撞，發出喀啦喀啦的聲響。

結束採買後，回到家已是晚上九點。

我把負責帶回的食材冰進冰箱後，沖了個熱水澡便舒服地躺上床。

紫泱似乎一直待在房裡，從我進家門後就悄聲無息。門縫的燈亮著，大概是在做自己的事吧。

我隨手拿起床頭的小說，以不健康的姿勢躺下，打算就這麼讀到睡前。應該說，我也只有這點消遣能做了。

——咚哐。

門外傳來細微的聲響。

從餐廳的方向傳來的。

聽起來像是開冰箱的聲音……紫泱該不會還沒吃吧？明明告訴過她我會晚一點回來。

「……」我默默起身，順手抓起桌上的小紙袋，走出房門。

往餐廳一看，沒有發現人影。朝客廳走去，只有空無一人的沙發與陽臺。最後我來到紫泱的房門口，發現門微微敞開。

往門縫裡望去，看得見書桌，上頭是我借給她的筆電。螢幕泛著白光，但椅子上沒有人。右側的浴室燈是暗的，哪裡都不見人影。既然如此，紫泱到底去哪了？

滴答、滴答、滴答……

客廳的時鐘清晰可聞，襯托出異常的寧靜。雖然我們晚上通常不會互相打擾，但總得有點人的氣息吧？

「紫泱……？」

我嘗試輕聲呼喚，沒有得到回應。

「……我進去嘍？」

我躡手躡腳推開她的房門，不曉得為何搞得我跟小偷一樣，明明是在自己家裡。我按著門框，左顧右盼，發現床上也沒有她的身影。

我開始覺得不太對勁。

「紫泱？」我再次呼喊，直接進到房內。

和我房間使用相同花紋的木質地板，延伸到牆角的角落堆放些許家裡的雜物。直紋淡綠色窗簾敞開，被風輕輕吹拂著，裸露灰藍色的夜空。

棉被摺得整齊，輕柔的花香味飄散，上次購物順便買的簡單保養品放在床頭，看得出來是女孩子的房間。

才住進來沒有多久，已經沾染上她的氣息了。

不過最重要的本人還是沒有出現，於是我的目光朝向唯一的線索——桌上的筆電望去。

螢幕上似乎開著視窗，鍵盤上放著一本攤開的筆記本，上頭有幾行秀氣的字跡。八成是紫泱的筆跡。俐落又工整的字體，很容易讓人聯想到她的形象。

紙張上連接起來的線條和圓圈，像是在做什麼記號，從文字間向外拉出。左上角打著星星符號的位置寫著「大綱」兩個字。

「大綱……？」

我瞇起眼來，想要看得更清楚一些——

「你、在、看、什、麼——？」

忽然間，有人朝我耳朵吹氣，使我猛地回頭，倏地與紫泱的臉蛋相對，鼻尖幾乎碰在一塊。

忽然逼近的距離感，讓我們同時屏息，睜大雙眼。隨即她緩緩向後退去，像什麼事也沒發生一樣。

「左同學。」她輕輕微笑道：「想不到你有偷窺的癖好。」

「這是誤會！」

「哦？是什麼誤會呢？希望你能好好解釋清楚。」她伸出手來闔上書本，散發出一股魄力。

「因為找不到妳，又看妳不在房間，所以……」

「所以就亂看女孩子的祕密日記？」

「抱歉。」我坦率地道歉。確實不該亂看別人的東西。

聞言，紫泱彎起眼來。「嗯，我原諒你。」

「咦？這樣就行嗎？」

「如果你剛剛踩進浴室，我會把你跟我的內衣一起反鎖在裡面，然後在門口擺一盆木炭跟電風扇，開始烤牛五花。」

「……姑且問一下，為什麼要烤牛五花？」

「可以一邊享用美食，一邊聆聽你被煙燻的慘叫。」

「妳根本沒原諒我吧？」

我嘆了口氣，回歸正題。「所以呢，妳剛剛跑去哪了？」

「我哪也沒去喔。只是因為有點渴，所以看了一下冰箱，發現有牛奶。」

「那是明天試做活動要用到的牛奶，只是暫時寄放。妳該不會喝了吧？」

「別擔心，我會說是你喝的。」

「妳還真的喝了？」

「差一點。誰叫你一聲不響突然打開房門，嚇到我了。」

「咦？」

「所以我就想著要嚇回去，偷偷跟在你後面。」

「……妳在玩鬼抓人嗎？下次別這樣了。」

「你會怕？」

「我會擔心。」

「……」

紫泱忽然安靜下來，兩眼直勾勾地盯著我，接著眨了幾眼，撇開視線。然後，她注意到了我腳邊的某個物體，手指了過去。「那是什麼？」

我低頭一看，地板上躺著一個星星圖案的小包裝袋。「啊。」大概是剛才那一晃，從口袋裡掉出來的。

我伸手撿了起來，把它遞給紫泱。

「這個……給妳的。」

「咦，給我？」紫泱看似有些訝異，抖動細長的睫毛。

「是我剛才在賣場買的。」

我把手伸直，把只有手掌大小的扁平紙袋塞到紫泱手裡。從她的眼神可以讀出一絲疑惑，但似乎好奇心更勝，她撕開膠帶，取出裡頭的內容物。

「哇，好漂亮……」她輕輕捏起那支粉蝶碎花髮夾，轉動手腕欣賞，發出如同小女孩的讚嘆。

「為什麼送我這個？」

因為覺得適合妳——我把這句話收在心裡。「昨天讓妳聽我講了那麼久又無聊的故事，算是一點補償。」

「我並不覺得無聊喔。」然而她輕笑著說。「沒有任何人的故事是無聊的。」

「是嗎……」我私自反芻著這句話。

「不過，我還是心懷感激地收下了。謝謝你，左同學。」她說著，走向位於門邊的全身鏡。她前傾身子，雙手在額前搓弄。

不久後輕踮腳尖轉過身來。

她雙手交握在後，傾著瀏海，展示別在眉梢上方的新髮夾。

原先如紫藤花瀑布的秀髮，彷彿開了一朵帶有魔力的小花將水流盤了起來，傾瀉在耳後。

紫泱露出帶有一絲靦腆的笑容。

「好看嗎？」

嗯，就和想像的一樣。

……奇怪。為什麼我的腦袋會開始出現一些讓人感到想一巴掌打死自己衝動的感想？剛才也是，我是不是中邪了？

「左同學？」

「……啊？嗯，記得睡覺要拿下來。」

「……你在說什麼啊。」

「畢竟壓壞就可惜了。」

她眨了眨眼，對我露出有點哭笑不得的笑容。

「左同學，你真的很不坦率。」

時間來到本週最後一個上課日的下午。

第七節課以及放學後一小時，我們班打算挪用這段時間來進行園遊會的試做活動。

採購組成員們將昨天各自負責的食材與器具帶來學校，並由其他同學提供家裡的碗盆、打蛋器與鬆餅機。

我們將桌椅挪動成適合活動的配置，取出借放在導師辦公室冰箱裡的食材，劃分數個小組並平分器材與材料，完成前置作業準備。

順帶一提，由於班導參加例行導師會議，現場由柳夏萱代為場控。

為了防止意外發生，我們已經事先檢查過柳夏萱的背包、抽屜以及櫃子，確認沒有任何草莓原料與加工物之後，才放心讓活動開始。

首先，我們依序在碗盆內倒入適量的牛奶以及雞蛋，使用打蛋器打勻，待兩者初步混合後再倒入鬆餅粉持續攪拌，並確保麵糊不會結塊的前提下完成打發。

麵糊製作得差不多後，將鬆餅機插上電源加熱，等爐面上升至一定溫度後塗上香濃的奶油作為打底，細微的滋滋聲響隨之傳出。

緊接著，將方才製作完成的麵糊到入其中，盡量讓麵糊覆蓋每個角落，最後闔上蓋子靜靜等候。

數分鐘後，濃郁的蛋奶香蔓延開來。

打開鬆餅機，漂亮的方格狀映入眼簾，猶如農田般切割整齊。雖然表面的顏色有些不均勻，金黃的色澤仍讓人食指大動。以第一次製作來說，算是相當成功。

而這都要拜某人所賜。

或許是多虧熱愛甜食的緣故，加上家裡有個善於烹飪的母親，柳夏萱從小耳濡目染，在料理方面具有深厚的技巧與經驗。這樣的她，在剛才的試做過程熱心當起了小助教，教導大家讓鬆餅變得更加美味的方法。

例如混合牛奶的蛋液，若將蛋黃與蛋白一同打勻，就能讓做出來的鬆餅變得更加蓬鬆，稱為全蛋打發；打發的同時，適度加入砂糖能有效降低氣泡形成，提升口感。在材料比例的拿捏、鬆餅機的熱度和時間控管上，她也給出了許多實質上的建議。

多虧有她，讓我們能在短時間內試做出理想的鬆餅。

就這樣，辛苦的階段告一段落，班上同學接下來各自取用鬆餅，回到座位上享用下午茶。

「嗯～～好吃。」選擇蜂蜜作為配料，坐在我對面的紫泱咬下一口，手捧著臉發出滿足的聲音。

「嘗起來有種女人的香甜。」身旁的何又雲也發出噁心的讚嘆。先不論他本身的評語招來多少嫌棄的目光，我也因好奇咬下一口鬆餅。

綿密而飽滿的口感縈繞味蕾，即便不使用蜂蜜或是煉乳提味，也能感受到鬆餅本身的甜香。畢竟砸了重本使用鮮奶與雞蛋，還有個功不可沒的軍師從旁監督。

我看向斜對角的柳夏萱，只見紫泱不知何時蹭向她的肩膀。

「夏萱，妳好賢慧～」

「咦？沒有啦，是大家一起努力做的！」柳夏萱有些不好意思地回應，接著也叉起一塊鬆餅，送入口中。

「……嗯，果然不對。」

與眾人截然不同的反應，雙馬尾少女細眉一蹙，發出低吟。

「怎麼了，夏萱？」

只見她神情嚴肅地說著：「果然不管再好吃，少了那個就是不行……」緊接著，她起身走向我的座位，往我的書包裡伸手一翻——拿出一罐草莓果醬。

「……柳夏萱小姐，我的書包不是百寶袋。」難怪剛才找不到，她早已預謀犯案。

「有什麼關係，借放一下嘛。」

「什麼借放，妳根本沒經過我同意。」

「我有在午休的時候問過小左喔，你還點頭。」

「那叫度咕。」

下一秒，她從我的抽屜裡再掏出一盒草莓脆片。

「怎麼還有？」

「哼哼……還沒還沒，可不只有這些喔！」

用著不知道在得意什麼的口吻，她接續從我的櫃子、椅子底下、置物籃以及我胸前的口袋，掏出各式各樣的草莓加工品。

「好恐怖啊喂，妳對草莓的執念會不會太深了!!」

將成堆的瓶瓶罐罐放到桌上，柳夏萱隨手抓起一把朝自己的鬆餅加料。為了避免被殃及，我趕緊端起自己的鬆餅向後退去，就連紫泱也默默往旁邊挪了一小步。

見柳夏萱吃得津津有味，我們其餘三人相視苦笑，繼續享用鬆餅。

就在柳夏萱又打開新的一盒草莓脆片的空檔，我對紫泱使了個眼色。

接收到我的信息，紫泱微微點頭，抿了抿嘴脣，拿起桌上的巧克力醬往自己的鬆餅上一淋，接著叉了起來——

「夏萱，啊～」

——送往柳夏萱的嘴邊。

柳夏萱回過頭，不自覺一愣，睜大雙眼來回看著鬆餅和紫泱。

「小、小紫!?怎麼突然……」

「夏萱偶爾也換換口味嘛，我覺得巧克力也很好吃哦。」

「咦?但、但是……」雖然之前有喝過同一瓶水的經驗，但這次她似乎懷有芥蒂。

「……啊，滴出來了。」似乎是停頓太久，滿溢的巧克力醬從鬆餅邊緣滴落。紫泱見狀，立刻伸出小舌舔向鬆餅。

她微微仰頭，細心地讓巧克力醬滴落在自己的舌尖，然後輕輕一勾，微瞇雙眼，將舌頭送回口中嚥下。

「這樣就沒問題了。」

她再度將鬆餅送向柳夏萱嘴前，張開小口「啊～」地催促。

似乎被身旁的少女的舉動所震懾，柳夏萱一動不動，圓潤的雙眼充滿混亂，看似欲言又止又像難以組織言語，不過宛如餓虎逼近，紫泱只是將叉子送得更近。

「……不吃嗎?」紫泱微縮下巴，露出與動作相反的膽怯眼神。

「欸?這個……」

「夏萱不喜歡被別人餵嗎?」

「也、也不是……只是……」

「那是……因為我?」紫泱露出有點失落的神情，「那好吧。」一邊默默收回叉子。

「欸？不是的——啊姆！」

話沒說完，柳夏萱便一口含下。咀嚼的同時，眼神左右飄移，臉泛紅暈，這是害羞的反應。

……這也是當然的。

就連對面的男性同胞都看得默不吭聲，當事人的感受肯定更難以言喻。

「這是怎麼回事？」

「別問我。」

用情侶間的餵食動作來試探對方的反應——這是繼上次美術課的裸體畫後，紫泱所祭出的計謀。雖然之前也有間接接吻的經驗，但比起喝水這種普遍的行為，意義有所不同。

「總覺得最近小紫……」

「嗯？夏萱妳說什麼？」

「沒、沒什麼！」柳夏萱快速搖了搖頭，埋頭吃起自己的鬆餅。

「為什麼她會這麼熟練啊？」何又雲摸著下巴低喃，眉頭一皺，「案情不單純。」

「不單純的是你。」

「怎麼樣才能被這樣對待呢？」

「喂，警察局嗎？這裡有變態。」

「不准你玷汙我的夢想！你這樣還算是個男人嗎！」

「你對男人的標準會不會太嚴苛了？」

「兩位男士在說什麼悄悄話呢？」聽聞我們的交談，紫泱轉過頭來，露出和藹的微笑。

感受到不對勁的壓迫，我們雙雙正襟危坐，裝作什麼事都沒發生。不對，關我什麼事？

「哎呀～沒有啦，只是覺得那塊鬆餅看起來真可口，如果可以也想吃吃看呢～啊哈哈。」何又雲撫著後腦杓，害臊地說出不害臊的話。

「這樣啊，何同學也想來一塊嗎？」

說完，紫泱直接將整罐草莓醬倒到鬆餅上，拿起叉子——一旁的刀子狠狠一插，舉到何又雲嘴前。鬆餅的本體被完全覆蓋，如泥流般的紅醬不斷滴落至桌面，發出甜膩的啪答啪答聲響。

何又雲一笑，臉色鐵青。

「欸——好浪費！」

柳夏萱見狀大聲嚷嚷，下一秒竟雙手合起，伸手捧住滴落的草莓果醬。

「就是說啊，紫泱同學怎麼可以浪ㄈ噗唔——」話說到一半的何又雲被整塊鬆餅堵住了嘴。

「包、包紙，包紙……！」

他是在說刀子吧。畢竟整個刀身連帶鬆餅沒入他的嘴裡，只剩下刀柄留在外頭。

「好不好吃呀～何同學？」紫泱含笑關切。

「咕嗚噗噗——」

「嗯？你說還不夠？」擅自確認後，紫泱把草莓果醬的開口對準何又雲的嘴，往裡頭用力一擠。

「（——消音處理。）」

「嗚啊啊～～！」一旁的少女則是哭天喊地。「我的果醬三十塊!!」

假裝沒看見的我默默低頭吃完自己的鬆餅。

「話說回來，夏萱，我真羨慕妳。」

結束鬧騰的下午茶，現在是場復時間。紫泱收拾著器具，向身邊的少女說道。

「哎？小紫妳在說什麼？」

「有辦法做出那麼好吃的鬆餅。」

「咦～就說沒有啦。」

「那些步驟跟調味可不是一般高中生會的技巧喔。」

「唔……真要說的話，那都是媽媽教我的，老實說我對做點心比較有興趣，啊哈哈～」柳夏萱搔了搔頭，露出天真的笑容。

柳夏萱的母親是一名同時擁有中餐和烘焙乙級證照的廚藝達人，從小便將渾身絕活都傳授給了女兒，柳夏萱因而備有豐富的烹飪技巧與知識。

我小的時候偶爾會到她家作客，品嘗母女倆製作的料理，雖然多數時候是被柳夏萱叫去試毒。

「小紫呢？妳媽媽不會教妳做菜嗎？」聊著聊著，柳夏萱反問道。

「啊，這個……」紫泱一頓，苦笑著回應：「不會呢～」

我在稍遠處望著，想起紫泱的處境。答案大概不是「不會」，而是「不知道」才對，只不過她不能那麼回答。

「咦，這樣啊～」

「所以說我很羨慕夏萱啊，有個人能教自己料理。」

「小紫對料理也有興趣嗎？」

紫泱微微點頭。「但我只會做一些簡單的餐點，像是法式吐司、奶酥厚片或有餡蛋餅之類的，糕餅類或點心就不行了。」

這些都是她曾經在我家做過的料理，確實很簡樸沒錯，但她總可以將樸素的餐點做得很美味，其實也很厲害。

「還是說，夏萱妳可以教我嗎？」

「咦？」

「教我做甜點。」紫泱忽而以認真的口吻問道。

柳夏萱盯著眼前的少女，輕輕眨了眼，接著像是意會到什麼，用力點頭回應：

「好啊！小紫想學什麼，我教妳！」

「真的嗎？」紫泱露出開心的表情。

「真的！」

「那……這週末如何？」

「這週的話……週日怎麼樣？」

紫泱點了點頭。「好期待。」

「那就這樣說定嘍！」

「希望明天醒來就是週日～」

「真是的，小紫好誇張。」

兩名少女互相笑著，空氣中瀰漫著淡淡的甜味。

十二月十二日，週日，上午十一點。

客廳的玄關前，紫泱正照著全身鏡，左右扭動身體。

她身上穿的終於不再是制服，而是上次週末我陪同她到百貨公司購買的新衣。

上半身是灰米色的長版針織毛衣，頸項被豎起的高領所包覆，樣式寬鬆而保暖；下半身穿著漆黑的絨布長筒靴，將膝蓋以下的部位包裹起來，給人一股柔和的時尚感。由於今天的天氣不到非常寒冷，紫泱沒有披上外衣，而走簡約風格，配件只有暫時向我媽衣櫥借來的白色小方包。胸前的金屬鍊條陷進毛衣裡，壓出一條引人遐想的溝壑。衣襬與長靴間的白潤大腿，增添一絲冬天特有的魅力。

簡單不浮誇的穿搭，體現出紫泱的姣好身材，更讓她整個人的氣質煥然一新。我再次認知到她果然是一名貨真價實的美少女。

「你的眼睛在看哪裡呀？」

像是抓準時機，她轉過頭來打趣地問道。

「大腿嗎？果然是胸部吧，色狼。」

「不要自說自話。」

「你是因為這樣，才拿這個包包給我的？」她邊說故意把背帶往下輕拉。

「只是單純覺得跟妳的衣服很搭而已。」

我媽的衣櫥裡有不少配件，只不過一眼掃過去，似乎只有這個皮革材質的方包能讓人看上眼，仰賴我那不可靠的直覺。

「哼~這是間接誇耀自己眼光很好嗎？」

「明明就是妳叫我挑的好嗎！」

「說得也是，現在我全身上下都是你的痕跡了。」

「請別用這種讓人誤會的說法。」

上週末的購物行程中，紫泱最後決定買下身上這套服裝，是採納了我的意見。明明毫無穿搭的審美觀念，不知為何她卻不斷詢問我的看法，搞不懂她在想什麼。

「沒想到你最後選了這套下面不用穿的。看你相貌堂堂，結果是人面獸心。」

「講得太難聽了吧！裡面還是有穿的好嗎，只是看不到而已。」

「所以剛剛果然是在看我的大腿嗎？」都給妳說就飽了啊。

「不滿意的話，妳自己選不就好了……」我轉以略為不滿的語氣。

「我可沒這麼說哦。」紫泱回以淺笑。「這可是你親自花了半天陪我挑選的，我怎麼可能會不滿意。」

「……是是，妳開心就好。」

紫泱呵呵笑著，轉回鏡子前，繼續調整衣服。我從後方看著她的背影，朝她問了一句：

「沒問題嗎？」

紫泱從鏡子看了我一眼，微笑道：「沒問題。」

「真的？我很怕妳失控耶。」

「大不了就是撲倒嘛。」

「我指的就是這個。」

紫泱輕笑出聲，像是在說自己是在開玩笑。「我知道的，這還不是最後，我會耐住性子好好完成的。」

紫泱將髮絲勾到耳後，露出眉梢上方的粉蝶花髮飾，朝我轉過身來，露出自信的笑。

「之後就交給我吧。」

她開朗地說出的這句話，不知為何讓我的心中升起一絲近似寂寥的情緒。

「知道了，路上小心。」

「嗯，我出門了。」

紫泱離開家門，輕快的腳步遠離。等到門外的聲音回歸平靜後，我一屁股坐到沙發上。

再過不久，紫泱就會抵達柳夏萱的家中，進行兩人的甜點教學約會。問過柳夏萱，她們今天要製作的品項是草莓曲奇，似乎只要準備奶油、糖、麵粉與草莓粉就可以製成，是相當適合新手入門的甜點。

不過，製作的難度與否，對紫泱來說並不是重點。不如說今天的約會，本身的用意就不在於此。

紫泱在試做活動後，藉機向柳夏萱提出邀約，這一行為的目的，是為了創造兩人獨處的時光。

藉由累積情感，激發出濃烈心意來使自己尋回心跳，這是紫泱在一開始提出要與柳夏萱交往的前提。為了達到這個目的，紫泱在這一陣子以來不斷接近柳夏萱，間接透過我有了更多相處機會，並不時進攻找出突破口，兩人在過程中慢慢建立了羈絆。

她們的關係正一步步變得親密，走在預想的道路上。不過，如紫泱先前提過的，若要讓兩人越過那條線，還缺少了某份關鍵的「調味料」。

那是能夠讓對方意識到，並扭轉一切的「祕方」。

今天的約會，便是為了調製出那份祕方的前置作業。

而那最終的一步，將在下週六發生。

十二月十八日，校慶當天。

——紫泱將向柳夏萱告白。

第八章　這一次

「一份鬆餅！」「來了！」

「再一份！」「喔！」

「再來兩份……不，五份！」「好……！」

「那個，還要再三……啊算了，有多少做多少啦！」

繁忙的叫喊聲不斷從攤位內傳來，裡頭的人七手八腳地忙亂著。

雖然是大冬天卻汗流浹背，儘管想把圍巾摘掉，卻又擔心脖子著涼，只好維持著身體三溫暖、手指冷冰冰的狀態。

校慶當天，園遊會。

位於內場，負責烤鬆餅的我因為前場的指令忙得不可開交。

塗奶油，將麵糊倒入機器，準備盤子，確認點單數量，等待鬆餅出爐後出餐，然後塗奶油，將麵糊倒入機器……不斷重複著以上步驟，就是我現在的工作。

因為工作區域狹小，能容納的人手有限，實際上的狀況比預想的還要混亂，但也沒辦法得到更多支援。

換言之，廉價的鬆餅工人。不，連薪水都沒有，能賺取的只有毫無形體的回憶與汗水。到底什麼時候換我休息？

「這一批做完就可以換人囉！」

終於，換班時間到。我擦了擦額頭的汗水，向其他人道聲「辛苦了」便走出攤位。

「辛苦了～小左。」與我迎面而來的是柳夏萱，接下來輪到她顧攤。

「累死了……後面就交給妳了，萱。」

「喔～交給我吧！」

由於訂單還是源源不絕，我們沒有太多交談的機會，擊了掌後便擦身而過。走出攤位後，我用力呼吸一口新鮮空氣。

「呼～哈……」

距離園遊會開幕到現在已經過去三個小時，時間下午一點。雖然每個人只負責一小時的值班，但來客數卻比想像中多出許多，並沒有多輕鬆。

終於從緊繃狀態解放，空腹感一口氣湧了上來，我左顧右盼，思考著該買些什麼來填飽肚子。這時，與我對上眼的何又雲靠了過來。

「怎麼樣，生意不錯吧？」

「何止不錯，好過頭了。」

「哈哈哈，那是當然，畢竟是我嘛。」

與我同一時段顧攤的他，負責的崗位是場外組，也就是叫賣員。他大概是想說之所以有這麼多客人，都是拜他的顏值所賜。

的確，儘管場內相當忙碌，但只要抬頭看向攤位外，總能看見他積極拉客的身影，而對象無一例外全是女性。

「要吃東西嗎？」

「當然，魅力消耗過多，都快餓死了。」

「你乾脆餓死算了。」

我們朝人流集中處走去，各班攤位沿著並排的四座籃球場邊緣設立，紅白相間的帳篷阻擋著不至刺眼的陽光。

距離聖誕節還有幾天，各班的攤位上或多或少都染上了些許雪白氣息，不少應景的紅綠色掛飾和聖誕帽隨處可見。

我與何又雲隨便逛了幾個攤位，買了章魚燒和顏色怪異的氣泡飲料，在操場邊閒晃。

來到舞臺區附近，此時輪到熱音社上臺表演，鼓譟的節拍聲和貝斯的爆音穿刺耳膜，震動著心臟。我一邊看著臺上的演出，一邊有意無意地眺望周圍人群。

除了本校學生、師長及教官，許多校外人士也混雜其中，當中不乏情侶。偶爾可見他們親密地交談、相互餵食，甚至是擁抱接吻，彷彿全世界只剩下彼此。

這是名為戀愛的愚蠢、年少的匹夫之勇，抑或青春的優越感？明明旁邊都是人，拜託一下給我看看場合啊！

忽然間，腦海浮現兩人的影子。

……紫泱在面對柳夏萱的時候，也是抱持這樣的心情嗎？

「……好大。」

正當我胡思亂想著，身旁的何又雲忽然發出感嘆。

「啊？嗯，的確挺有料的。」

我看著盒子裡的章魚燒道出感想。六顆只要四十元，經濟實惠。

「尤其是兩點鐘方向。」

「兩點鐘？」

二乘三並排的章魚燒根本毫無方向性可言。我轉向何又雲，發現他正盯著舞臺上的女吉他手。

「那胸部太扯了。」

我早該料到他是這種人。

趁著他目不轉睛地流口水，我叉起他盒子裡的章魚燒送進嘴裡。

「喂，自己的不吃吃別人的幹麼。」

「看你心不在焉的，少一個不會怎樣吧。」

「我哪有心不在……喔天啊，那個側乳超讚。」臺上女吉他手開始獨奏，卓越的技術成為全場焦點，可惜有人的焦點完全放錯位置。

拜這傢伙所賜，現在我的目光也有點不受控制。

「要說心不在焉的人，是你才對吧。」

「咦？」看胸部的事被發現了嗎？

「平常的你，剛剛那種笑話第一時間就會發現了吧。」何又雲轉過頭來，笑著撇了我一眼。

「……」確實，從他嘴裡吐出來的話百分之百會往不對勁的方向去，我剛剛居然以為他在說章魚燒。

「你顧攤的時候還把飲料打翻了吧。就算平常的你再心不在焉，也不至於這麼糊塗。」

「你有看到喔……」

「廢話，隔壁攤的女生超正的。」

「………」

今天的我可能真的有問題，居然上當兩次，簡直是奇恥大辱。我帶著莫名的悔恨心情喝了一口檸檬氣泡飲，喉嚨留下了酸澀的糖水味。

「只是沒睡飽而已。」

「又是這個啊。」他像是感到無奈般叉起我的章魚燒送進口中，將叉子指向我。「你明明有心事吧？」

「啊？」

「畢竟你剛才一直盯著那對情侶看啊。」

「情侶……有嗎？」

「連這個都沒自覺……」忽然間，他像是想到什麼，擠眉弄眼地說道：「我知道了，在想誰啊～？」

「沒有。」

「喔齁，這種反應擺明了就是有嘛！」他不安好意地湊了過來。「是誰？告訴我我絕對不會說出去的，是那個女生嗎？沒想到你有NTR的癖好。」

「你想太多了。」

「不是嗎？啊，果然是班長吧？」

「蛤，就說沒——」

「還是說是紫泱？」

「……！」

體內的神經輕微震了一下。雖然跟何又雲在講的主題根本沒關係，但一聽到這個名字，我無可避免地受到動搖。

「喂，你怎麼愣住了？該不會被我說中了吧？」

「就說沒有，你很煩。」

「唔啊，臉有夠臭～好啦，不玩了。」何又雲從我身邊退開，繼續看著舞臺上的表演。

「不過說真的，她們兩個都不錯啊，你怎麼會一點感覺都沒有？明明你們走得很近。」

「不是說不玩了嗎？」

「我沒在玩，是認真的。」

他壓扁了章魚燒的盒子，雙眼筆直注視著舞臺，卻和剛才的眼神略有不同。

「你應該知道，我是有點認真的吧？」

「……」

「如果你不快一點，我可要把其中一個搶走囉？」

他的語氣很平淡，平淡到像是毫無情緒。但我不覺得他是隨口說說。至少這次不是什麼低級的玩笑。

他對待紫泱的態度，確實有點異於他平時的模樣，很少見到他這麼執著於一個人。

「…………」

大概就是因為類似的緣故。

我看向不遠處的二年六班攤位。

攤位前，盤起藤紫色長髮的少女正賣力地招呼客人。同一時間，攤位內依舊綁著招牌雙馬尾的紅髮少女也努力不懈地準備鬆餅。

眼前的光景平凡，如此接近日常，讓人下意識地想拉一張椅子好好看著這幅景象。

然而數小時後，將有一場告白發生。

一場可能改變眼前景象的告白。今天過後，有什麼事物會就此轉變，我有這樣的預感。也許心裡一直很清楚，但沒有去正視。

老實說，我並不清楚為何紫泱會如此著急地下這個決定。

若要以成功交往為目標，那麼繼續培養感情或許才是上策。在這個時間點選擇告白，坦白說有點魯莽，我嘗試過勸阻她，但是——

『所謂的戀愛，不就是要在最好的時機義無反顧嗎？而那個最好的時機，不存在任何絕對值。』

當時，她是這麼對我說的。

僅僅作為一名協助者的我，也沒有立場多說些什麼。

假如這場告白能就此迎來好的結局，當然是最好；如果失敗了，就算最後何又雲真的對紫泱展開攻勢，也可能是新的轉機。

只是……

我不知道該如何形容這種感覺。彷彿原先的陌生有了溫度，一直以來熟悉的卻即將變調。兩者交融在一起，形成一種無法言明的膠狀物質，纏繞在心頭。

這是即便認清自己心境紊亂的起源，也無從消除的浮躁感。

舞臺上熱音社的表演結束，不知為何心臟卻難以沉靜下來。

園遊會結束後，各班於操場集合，進行頒獎及閉幕儀式。

這一次我們班取得了相當不錯的佳績。由於紮實的備料與實惠的價格，我們的鬆餅很快在客人之間流傳開來，最終在校方訂定的結束時間前一小時便售罄。

除了有賴於事前的試做活動外，擔任場外組組長的紫泱也占了不小功勞。她在事前完善地規劃出活動當天的動線，與美宣組溝通需要的宣傳並設計銷售手法，利用試吃與小活動吸引路人目光，再以話術引導消費。

校慶的籌備時間並不長，她卻能在短時間內做好這些工作，令不只是組員，全班同學都刮目相看。

當初之所以提名紫泱當組長，或許是柳夏萱早就預料到這點了。不，她單純是想讓紫泱更快地融入班上吧。這種體貼造就如今的結果，令人會心一笑。

當我思考著這種事時，身旁頓時爆出歡呼聲。

二年六班被唱名，我們班獲得了本次校慶的最佳合作獎。柳夏萱代表班級上臺領獎，班導加碼請全班吃雞排，大家頓時歡欣鼓舞。

受到氣氛渲染，我暫時放下心中的鼓譟，沉浸在校慶歡快的餘韻之中。

閉幕典禮結束。

回程的走廊上，人們興高采烈地討論著待會要去哪裡續攤，彷彿一整天累積的疲勞不存在般，要用盡所有力氣來迎接今天的結尾。也有人面露疲態，拖著沉重的步伐想早早回家休息，我則屬於這一群人。

回到教室，慢條斯理地收拾好書包後，轉身離開之際，我們的目光對上。

「要回去了嗎？」

坐在座位上的紫泱含笑問我。

「嗯，反正沒事。」

儘管知道待會即將發生的事，當事人並不是我，因此沒有留在學校的理由。

「那，你要不要等我？」

「咦？」

她這麼說著，一邊雙手提起書包，隔著椅子與我相望。

「我想第一個告訴你。」

她的臉上依舊掛著從容的微笑。

「可以嗎？」

「……嗯。」面對她直率的語氣，我緩緩點頭。

她瞄了一眼牆上的時鐘。「四點半，操場邊的榕樹下見。」

「知道了。」

對話結束後，我繞過她的身邊走出門口。本想說聲加油，但最後想著她根本不是需要他人打氣的那種人而作罷。

我只是遠看細聲交談的她們，用著我聽不見的音量說悄悄話。不知道的人，或許會認為她們正在談論著女生的祕密，投以羨慕或好奇的目光吧。

希望美好的光景不會在明天之後消失。

如此心想的我離開門口，往人潮的反方向離去。

距離約好的時間還有十分鐘，我來到約定的榕樹下。

戶外的風很大，吹得臉部乾燥。與剛才的熱鬧不同，人潮早已散去，氣溫似乎也因而下降了一些，迎來傍晚時分。

為了打發時間在周圍來回踱步，腳底的落葉發出啪滋啪滋的清脆細響。

猶如揉捏包裝袋的聲音。

奇。

讓我回想起上個週末，紫泱從柳夏萱家中歸來時，那袋被她捧在手心的草莓曲用精緻紅緞帶束起的包裝袋，在她的手裡發出窸窣聲響。紫泱的表情似乎也帶上了一絲甜膩，想必她們一起共度了一段美好時光。紫泱所有的情感都凝聚在此，化為烘焙過的粉色心意。

不曉得送到柳夏萱手裡了沒。

不曉得收到這份心意的她，又會有什麼樣的反應。

我想著這些事情，不知不覺走到了面向操場的司令臺一側。跑道的紅土隨風飄揚，捲起小海嘯般的塵埃。

我望著前方空曠的草皮，演奏的餘音似乎還殘留在耳裡。無論如何，這場告白再過不久就會劃下句點。等到那個時候，心中那股不知來由的浮躁感也會就此消去吧。

一陣強風襲來，含著沙粒的風吹進眼裡，使我不自覺偏過頭去。

此時，背後傳來一道聲響。

「——小左。」

熟悉的明亮聲嗓，親暱的稱謂，一瞬間讓我誤會是不是自己聽錯了。

「……萱？」

轉過身去，預想中的人影就站在面前。

「找到你了，小左。」

雙馬尾在風中搖曳，仍穿著班服的她將雙手背在身後，裸露在外的圓潤大腿彷彿不怕冷一樣抵擋寒風。

不如說，她甚至微微喘著粗氣，臉頰還帶上一絲紅潤。

柳夏萱由下而上望著我，露出柔和的表情。仔細一看，她的頭綁著當初我送給她的白雪草莓髮飾。似乎是第一次看到她戴上。

「妳怎麼會在這裡？」

「……」柳夏萱沒有回應，只是垂著頭，纖長的睫毛抖動著，好像在斟酌要如何開口。

「小左，我有事找你。」

沉默過後，她清楚地表明來意。

「找我？什麼事？」

「我有重要的話要跟小左說。」

回應完後，她沒有立即說下去。

不知是不是因為流著汗又吹風的關係，她小巧的膝蓋有意無意地相互摩擦，肩膀也微微發顫。

兩人好一會都沒有開口，只有枝葉的沙沙聲填滿沉默。

想著這樣下去也不是辦法，於是我脫下外套想要披到她肩上，卻被她一步退開。

「啊，不用了，小左我不冷！」

她的模樣有點慌張，顯得不自然。

「真的不用嗎？」

「真的！」

「感冒就不好了。」

「沒事的，我現在很熱！」她挺起胸膛說出奇怪的話，態度很堅決。我索性將外套掛在手臂上，以備不時之需。

「那，妳說有重要的話是？」難不成是那邊提早結束了？就算如此，來的人也不應該是她……

「小左。」

正當我思索著紫泱沒有現身的理由，柳夏萱率先出聲。

「——我想請你看個東西。」

她這麼說著。筆直望著我的金瞳散發不由分說的魄力，輕柔的話語聲中藏有一股執著，使我一頓，順應她的請求點了頭。

接著，她從背後拿出一疊白紙。

剛剛她的動作之所以不自然，原來是因為藏著這個。

紙張的狀態看起來有些破舊，覆著反覆翻閱後特有的蓬鬆感和皺褶，顏色是有點溫暖的象牙白。

而且嚴格來說，這不是白紙，而是一疊稿紙。仔細一看，上頭的空格填滿了一個個如少女體的文字，往後翻了幾頁，每一頁都是同樣的字跡。我認出了這是柳夏萱的筆跡。

「這是……」

「是我寫的小說。」

柳夏萱的回答印證我內心的猜測。與此同時，另一股疑惑也隨之膨脹。

「……慢著，妳說什麼？」

「──我說這是我寫的小說。」

「什麼？」

「你明明就有聽到！」

之所以會有這種反應，是因為從小學認識到現在將近八年的時間，我從來不曾聽聞這件事。

我的兒時玩伴，柳夏萱，居然會寫小說？

「小左，你的眼神好失禮。」

柳夏萱嘟著嘴，露出略為不滿的眼神。

「抱歉，我太震驚了……」

並非是我瞧不起她，而是不論在我或是眾人心中，她怎麼看都是活力充沛的運動型女孩，而非文靜的文藝少女，使我無法直覺聯想。

雖說確實有過那樣的時期，但那是在我們剛認識不久的時候，在那之後都過那麼多年了……再說，她為什麼沒有告訴過我這件事？

「那個，小左。」內心的思緒被打斷，眼前的少女忸怩著，視線在稿紙和我之間游移。

「你、不看一下嗎……？」

「妳說現在？」

她點了點頭，抬起頭認真地對我說：「今天我來，就是為了給你看這個。」

「……我知道了。」

我點著頭，捧起以燕尾夾固定邊頁的稿紙，從第一頁開始翻閱。由於平時有閱讀習慣，我吸收文字的速度並不算慢。

大約經過五分鐘後，我察覺了一件事——我可能小看她了。

雖然行文的方式有點生澀，但有趣的對白清楚地呈現人物的想法與個性，劇情也不遜色。

不按套路出牌的自由文風令人印象深刻，讓人難以猜測故事下一步會如何發展，儘管因此導致些許破綻發生，卻能很明顯感受到這是「柳夏萱的故事」。

她的故事，講述一名出生在王國裡頭的公主，在某一天被來自鄰國的王子提親。公主雖然對對方已有好感，但應國王的要求，她必須提出五道難題給王子，只要王子每攻克一道難題，就能夠獲得接近公主的機會。

一開始王子很輕易地破解難題，與公主有了幾次獨處。但隨著考驗愈來愈棘手，王子開始發現無法憑一己之力完成挑戰。某天的夜晚，他在城堡裡遇見了一位戴著面具的侍女。侍女聲稱自己是王族的女僕，代代以服侍王族為家業，她表示自己可以協助王子。

在這名侍女的協助下，王子接二連三通過考驗，並在最後順利通過第五道關卡，在盛大的歡呼中，王子宣布擇日迎娶公主。

當晚，侍女在自己的房間內哭泣。

使她哭泣的原因並不是因為她愛上了王子，或者得不到王子的愛，而是因為她才是原先的公主。

偽裝成侍女靠近王子並協助他，實際上是未公開的第六道難題，目的是為了考驗王子是否能夠認出真實的她。此刻檯面上的公主，真實身分是她的雙胞胎妹妹。那是兩人一開始協定好的試驗方式。

只不過，真實身分皆為公主的她們，都在過程中愛上了王子。

到這裡，原先的戀愛喜劇風格急轉直下，發展成了令人胃痛的三角戀。

最後，王子發現事實的真相，察覺並承認自己心中同時擁有兩份情感。而選擇將哪份情感化為「真實」，也成為了他最終的試煉。

故事到這裡為止。

「……」

坦白說，很難令人聯想到這是柳夏萱創作的故事。我以為她的作品，應該會更加鮮明、活潑且輕快。

「小左，我一直在思考，到底該怎麼做。」

當我閱讀完畢後，柳夏萱像是挑準時機開口。

「……什麼？」

「自從你放棄畫畫之後，我一直在思考到底要怎麼做，才能讓你再次提筆。」

我將注意力從稿紙移到眼前的女孩身上，想起之前在公園，我們有過類似的對話。

「我想要以自己的方式鼓勵小左，所以擅自在高二上學期提名你當學藝股長，以為這樣可以讓你重新開始畫畫。」

即便是第二次提起，她的語氣依舊飽含歉意。

「這件事我們談過了吧，沒關係的。」

「不只這件事。」她接著這麼說，望向遠處的排球場。

「小左，你知道為什麼我當初會硬拉你加入排球社，還要你放學後一起留下來嗎？」

「不是單純想找熟人一起嗎？」

「也有這個原因，不過小左排球很爛吧？」

「妳想吵架嗎？」

她哈哈笑著，重新將視線移回遠處的排球桿及網子。

「真正的原因是，當時我胡亂想著：『要是小左也能跟我一樣喜歡上排球，那就太好了。』這樣就算小左不繼續畫畫，肯定也能過得開心一點。」

「…………」

該說這種笨拙的做法，很有柳夏萱的風格嗎？

雖然一直被我拒絕，但之前總是鍥而不捨地找我打排球，理由我總算理解了。

「只可惜還是失敗了。」她搔著臉頰嘿嘿笑道。

「所以當小左參加社課，還在放學後願意留下來，老實說我有點亢奮。第一次跟小左同場練習時，不小心就有點拚命過頭了。」

我回想起當時她為了救我接噴的球，而飛撲讓自己手掌擦傷的那次。

「我知道這樣很笨拙，我並不是不想用直接一點的方式，可是每當提到跟畫畫有關的話題，小左就會變得很冷漠……」

……冷漠嗎？我確實不曉得該如何面對這樣的話題，結果反而害她只能用這種彆扭的方式嗎？

「直接的辦不到，所以拐彎抹角地換了個方法，再發現還是不行的時候，又擅自想讓小左喜歡上別的事物……這樣的我，是不是很蠢？」雖然笑著，但她的語氣染上了一絲落寞。

「但我根本沒有顧慮小左的心情。回過神來，才發覺自己做了一堆沒有意義的舉動，還因為這樣發生了班會的事。」

她揚起的嘴角帶了些許自嘲，垂下的眉梢感覺負滿內疚。

看著這樣的她，我不禁感到有些氣憤。對於自己毫無自覺的氣憤。

我以為經過上次公園的對話之後，算是稍微理解了柳夏萱的想法，沒想到只是自己一廂情願，真正的她的心情我根本沒有考慮到。

只是任性地逃跑，朝著她的期望背道而馳，還不負責任地想把一切交給時間。愚蠢的人應該是我才對。

我的手指下意識用力一捏，指腹傳來富有韌性的紙質觸感。

「可是呢，我還不想放棄。」

柳夏萱低垂媚眼，手朝稿紙撫了上來，觸碰我的指尖。

「有個人跟我說了，應該要好好面對自己的心情，正面將心意傳達給對方。我可以選擇要不要傳球，接不接則是對方的決定。」

她抬頭綻出一抹看似羞赧，卻又蘊含決心的微笑。

「就算會再摔跤一次，可能還會流血，但這一次我要把球打向正確的位置。」

——只要球還沒落地，我是不會放棄的哦！

說著這句話的她，忽然與那倔強的身影重疊起來。
不論何時，她總是這樣全力以赴。
「所以說，這是我最後一次的任性了，小左。」
「最後……什麼意思？」
只見她深呼吸一口氣，以澄澈的眼神看向我。
「小左。」
「嗯？」
「我喜歡你。」

「——我從以前就一直喜歡你了。」

她輕聲呼喚我的名字，毫無防備地吐出這一句話。
即便臉頰染上羞紅，她也沒有低下頭，直視的目光令我的胸口感到熾熱。
「萱、妳……」
卡在喉嚨的言語無法化成句子。突如其來的衝擊，令我只能愣愣看著眼前這名女孩。
我們的指尖仍舊相連。
「小左，你還記得小學三年級的時候，你送給我的那幅畫嗎？」

「啊、嗯……記得。」

像是要牽起遙遠的過往，她朝我這麼問道。

那一年我們十歲，柳夏萱的父親因病過世。除了年齡還小，當年的她還不像現在是笑口常開的樂觀女孩，無法獨自抵擋悲傷的她，有將近一個月沒有上學。

那時候剛開始學畫畫的我，想到唯一能安慰她的方式只有畫圖，於是我花了一星期完成一幅插畫，拿到她家親手送給了她。

「那個時候我真的好高興。」她說。「就像有人代替爸爸來陪我一樣，每當我想哭或睡不著的時候，只要看著那幅畫就可以安心入睡。」

她溫柔地垂下眼眸，沉浸在回憶裡。「小左你知道嗎？你的畫有種溫暖的魔力，就像旋轉的木馬音樂盒一樣。」

「哪有這麼誇張……」

面對我的反駁，她搖了搖頭。

「你不知道這幅畫對當時的我究竟有多重要。雖然線條很粗糙，顏色都沒塗好，到現在依然是我最喜歡的一幅畫，外面的都比不上。」

「……」簡直想挖個洞跳進去。

柳夏萱輕輕一笑，抬起我和她的手掌。

「我會開始寫作，就是從那個時候開始的。」

「咦……為什麼？」

「笨蛋！不要讓我說第二遍啦！」柳夏萱不滿地鼓起臉頰，隨之露出「真拿你沒辦法」的表情。

「因為我想要和你並肩而行。」

「並肩……而行？」

這時她的手脫離稿紙，向後轉了一圈。

「小左你當初會開始畫畫，是因為讀了那篇小說吧？」

「……嗯。」

我開始畫畫的契機，柳夏萱也知道。那篇關於兩名性格迥異的女孩邂逅的故事。

「你還記得你在那之後，對我說了什麼嗎？」

「……記得。」

那是一句令人感到有點難為情的話。

「我想畫下來──我永遠記得小左眼睛發亮，對我說這句話的模樣。」

她回過頭來模仿孩童天真的語氣，彷彿將我們拉回純真的孩提時代。

當年讀完那篇小說之後，我興致勃勃地宣示自己想成為插畫家的夢想。宣示要將自己喜歡的故事的場景、情節、人物，透過自己的雙手描繪出來。

「老實說，那個時候的我有點嫉妒。」

「咦？」

「我在想，要是能讓小左也對我這麼說，對我的作品有這樣的感想，那就太好了。那說不定你會將更多心思放在我身上。」

「萱……」

「所以從那天起，我下定決心要寫小說。有朝一日，我也要寫出能讓小左說出『我想畫下來！』的作品。」

「…………」

「但是，我不像小左你一樣有天賦，沒辦法像你一樣隨心所欲地創作，甚至參加比賽得獎。對我來說那就像雜誌上的人物傳記，距離我好遙遠好遙遠……」

她緩緩轉過身來，露出有些黯淡的笑容。

「不過我沒有放棄。上了國中後我依然寫著，買了很多的工具書學習編劇，但發現只靠自己還是很困難，所以升上高一後參加了電影賞析社，希望能在裡頭遇到厲害的學長姊。我也確實在裡面學到了許多，每天都拿著自己的稿子向學長姊請教，回家修改。」

……原來她高一放學後總是不見人影，都是因為在忙這些嗎？

「只是……」她的頭低了下去。「就在我覺得自己快要寫出理想的作品時，小左你卻突然說自己不再畫畫了……啊，我不是要責怪小左喔！」她猛地抬起頭，在胸前揮舞雙手。

「畢竟小左肯定是遇到了我沒辦法想像的困境，才會決定放棄自己最愛的插畫，這點我還是知道的！」

聽見她這麼說，我先是沉默，而後搖了搖頭。

「不，不是妳說的那樣。」

「咦？」她的雙手在胸前停頓，我將目光撇向地板。

「我沒有妳說的那麼厲害。不如說，就是因為半吊子的緣故，所以我才沒辦法堅持到最後。」

「小左……」

因為「畫不出來」就放棄，只是拿來說服自己的藉口罷了，這樣的自己根本就沒資格成為他人的目標。

輕易就放棄的事物根本沒資格稱為夢想，這種事我早就知道了。我知道自己只是不願意面對過去，才會不斷迴避那些話題。

所以必須讓柳夏萱明白，她一直在追尋的目標是錯誤的，她心中的我根本不是她以為的那樣。

我不像她一直努力到了現在，也沒有像她有這樣的勇氣去面對。我必須告訴她。

「就知道你會這麼說。」

不過，就在我打算開口的時候，柳夏萱卻露出了然於心的笑容。

「但如果是這樣，你現在的表情怎麼又會這麼不甘心呢？」

經她這麼一說，我這才發現自己的手指深陷在稿紙裡，眉頭不知不覺深鎖。

「不要緊的，小左。」她將雙手握在胸前，柔和地朝我注視而來。「因為小左，你一定很痛苦吧？」

「咦……」

「明明為了目標努力那麼久，卻沒有辦法繼續下去，一定感到很痛苦吧？」

她的頭低了下去，像是在俯瞰什麼。

「……萱？」

「沒辦法照著自己的期望前進，一定很痛苦吧？眼前的目標逐漸遠離卻束手無策，一定很痛苦吧……眼睜睜看著熱情被消磨殆盡卻無能為力，一定非常、非常痛苦吧……」

她的聲音不知不覺間染上哽咽，溼潤的眼眸就像頭頂的天空，好像隨時會下起雨。

「不斷質疑自己，認為自己什麼都做不到……窩在一點也不溫暖的被窩，告訴自己是全世界最沒用的人，所做的一切都毫無意義…………」

她嬌俏的臉蛋逐漸皺了起來。就像從裂縫湧出的哀傷，不斷刺激她的鼻腔，使她的肩膀止不住顫抖。

面對如此陌生的柳夏萱，我什麼話都說不出口。

「甚至會開始認為，要是自己從來沒有過就好了……要是沒有過那樣可笑的願望和目標，就不會被迫面對放棄，也不會痛恨自己沒有再爬起來的力氣……」

因為，那些話好像不只是說給我聽的。

「你一定一直、一直……都是這麼認為的。對吧，小左？」

終於，豆大的淚珠自她的眼角滾落。

……為什麼？

為什麼她會說出這些話？

一直以來都沒向其他人吐露過，認為不會有人理解，也沒有義務承擔，所以一直以來只是藏在心裡。

然而這是怎麼回事？

柳夏萱彷彿化作一面鏡子，映照我內心的所有。

挫折、苦悶、憂慮、焦躁、自卑、懊悔、絕望……嫉妒。所有反覆體會過的情緒，如今透過她的話語再次重現眼前。

我甚至可以窺見她揉著雙眼，獨自蹲在窗邊哭泣的模樣，就與現在流著眼淚的她相同。

這是為什麼？沒有人能看見才對。

只是她的每一字每一句，尤其是她的眼神，都不禁讓我感到熟悉，而且有種似曾相識的感覺。

我想起來了。那和我盯著空白的畫面，發現自己連一條線都畫不出來的時候，所倒映的自我厭惡一模一樣。

當時柳夏萱在百貨公司的櫥窗前，露出的也是這種眼神。

「所以我都知道喔。」

輕柔的聲音傳來。

縱然淚水滾落，她卻露出足以治癒人心的笑容。

「小左的感受我全都知道喔，因為……」

「我一直看著你嘛。」

她往前踏出一小步，來到我的面前。

「我可以斷言，小左的過去……你所付出的全部努力……絕——對都不是白費的。」

柔軟溫熱的掌心包覆住我的雙手，與我一同捧起手上的稿紙。

「因為有你，我才會站在這裡。」

「……！」

「因為喜歡你，我才能一直努力到現在。所以、所以……你不可以說什麼要先放棄……」

眼淚撲簌簌地落下，沾溼了手上的稿紙，化開剛硬的筆跡。

「因為如果你先放棄了，剩下的我又要怎麼辦……」

柳夏萱這次徹底地展露自我，不再刻意隱藏，只是純粹地將內心最深處、最任性的想法，真誠地傾訴而出。

「雖然在公園的時候，我說過不會再干涉小左你的決定，你一定也覺得很莫名其妙，會認為我是個善變的女生……但是，就像我剛剛說的，我果然還想再試最後一次。」

柳夏萱抬起哭花的臉。

「如果這一次再不行，那我就會真的放棄。所以說，小左——」

哭紅的眼角，漾起的笑容。

她將最後的決心，託付在這一句話上。

「——這一次，可以為了我而畫嗎？」

第八・五章

昏暗的圖書館內，二樓的落地窗。

夕陽餘暉穿過玻璃溫柔地撫著雙眼，老榕樹如深綠色的海浪搖曳著。

滲進窗沿的冷風拂亂髮絲，我伸手把瀏海捋至耳後，不經意觸摸到那支碎花髮夾。

嘴角輕輕上揚，我將視線投向位於榕樹下方那道亞麻色的身影，以及他身旁的一抹豔紅。

她終於說出口了。

等了這麼久，她終於告訴他了。不知道那個笨蛋，有沒有好好接收到她的心意。

從那個時候起，我就一直盼望這天的來臨。

我望著被他們一同捧在手心上，在夕陽下熠熠生輝的雪白稿紙，一股暖流淌過心頭。

真是太好了。

一旦察覺到對方的心意，這麼一來就再也無法忽視。接下來，只需要一點時間，還有借給對方的一點勇氣和覺悟，他們肯定可以走得很遠。

這樣就好了。

等到期限一到，我徹底消失的那一天，他們便能在我不存在的未來，迎接真正的開始。

如此一來——我回來的目的就達成了。

「真沒想到。」

當我沉浸在眼前美好的光景，注視著遠處的兩人，希望時間能永遠佇足此刻時，一旁傳來殺風景的聲音。

我沒有回應，只是將眼珠子往右側一擠，俐落的棕短髮、俊俏的側臉隨之映入眼角。

領口鬆垮垮地敞開，左耳別著一枚銀製耳環，整個人顯露放蕩不羈的氛圍。

若是第一次見到他，或許會認為他是一名有格調的帥哥，殘念的是，他只是個輕浮男。

從剛剛到現在，這名男人——何又雲的嘴角，始終維持上揚的弧度。

讓人摸不透的笑容使我感到心煩，但也不能因為這樣就擺臭臉，畢竟能站在這裡，也算是拜他所賜。

因此我回以恭敬的微笑。

「我想說如果是您，應該能早早察覺吧。」

面對我的回應，那男人只是爽朗地笑了兩聲。

「我還以為至少站在他面前的會是妳呢。」

「不覺得猜不到的戲，比較有看的價值嗎？」

「我可沒有請妳當演員啊。」

「您不就是想要看到這些嗎，何、同、學？」

「真是伶牙俐嘴。」那個人搔了搔頭，將身子靠在長桌上，投以些微無奈的語氣。

「話說事到如今，就別再用這種做作的敬語了吧？怪裡怪氣的。」

「是這樣嗎，人家還以為至少私底下要裝一下的說。」

「從妳說出這句話的當下就已經破功了吧？」

「要降下天罰了嗎？」我刻意將手擺在嘴前。見狀，他忍俊不住，大笑了起來。

「少來了，妳根本就沒放在心上吧，這快一個月來妳玩得可真開心。」

「我姑且還是對您抱有敬意的。」

「姑且嗎？」

「畢竟我的生殺大權還握在您手上呢，何同學……不，事到如今，或許該稱呼您一聲——」我轉過身去，以微笑正面他。

「——神明大人？」

就讀新崇高中二年六班，現任體育股長，籃球社社員，本名為何又雲的男人——真實身分是捏造這一切偽裝，人們口中的「神」。

也是在我死後，幫助我得以重返人間的存在。

與「祂」相遇是大約三週前的事。

契機是一場使我意外身亡的車禍，發生在去年的聖誕節前夕。

那一天，也是我與他們訣別的日子。

他們——我們三個人，是在國小三年級認識的——……

柳夏萱，膽小怕生的可愛女孩。

以前的她懦弱又愛哭，容易被人欺負，不像現在這樣正義凜然又活潑。

她是我第一個結識，也最珍惜的朋友。

以前我都叫她小夏。只是回到這裡後，我有點不敢用這名字呼喚她，怕會讓人聯想到過去，擔心一不小心就會脫口而出不該說的話。

儘管如此，她仍舊和以前一樣稱我為小紫，對我的態度一如既往，這讓我感到既喜悅又哀傷。

左離鳴，遲鈍耀眼的天真男孩。

以前的他……不，現在也是，有趣的反應總是讓人忍不住出手捉弄。

他是我第一個，也是最後一個喜歡的對象。

我覺得一個字的名字聽起來很帥氣，所以都叫他鳴。他也學起我，叫我泱。如同暗號的稱呼，是僅屬於我和他的特別。

過了這麼久，他還是和以前一樣，除了變得不坦率之外，個性依然溫柔。

可以的話，真想再用這個名字叫他一次看看。

他們，鳴和小夏，都是我最愛的人。我們從小一起長大，在國小相識，升上中學，然後來到這所高中。

小夏對鳴懷抱的心意，我從很久以前就知道了。她因為鳴而開始偷偷寫小說這件事，我也知道。

鳴在小時候讀到的那篇關於兩個女孩的故事，是我寫出來的第一篇作品，為了紀念和小夏成為朋友。

當晚鳴向我訴說他的過往時，我很慶幸這部分的記憶沒有遭到竄改或遺忘。

這是我唯一害怕的事。

我害怕這個造就我與他特別牽絆的事實，會就此不復存在，我會在真正的意義上灰飛煙滅。

因為我寫的小說，鳴立志成為插畫家；小夏因為鳴的插畫，踏上寫作的道路。這是我第一次與他人有了共同的話題，有了與他人一同前進的目標，光這件事就令我感到欣喜無比。從小就孤身一人的我，一次擁有了喜歡的對象與摯友，沒有比這更讓人開心的事。

每晚睡前，我都會誠心感謝著彼此的相遇與緣分。

與此同時，我也懷抱擔憂。

擔憂這樣的平衡是不是有一天會崩解。

擔憂自己是不是能夠忍受喜歡的人與好友牽手。

擔憂會不會有一天誰會追趕上誰，讓另外一個人的心意落空。

在未來的某個時刻，某種變化會以某種形式降臨，促使我們的關係發生改變。

我總是不斷這麼想著。

所以我什麼也沒做，什麼也沒去觸碰，就只是默默地向前。將可能到來的那一天不斷往後推延，小心翼翼地呵護，期盼什麼都不要發生。

只要不讓鳴追趕上我就行了。只要讓小夏持續追趕著鳴，我們之間的關係就不會崩塌。

慶幸的是，事情如我所想，我們三人就這樣安然地升上高中，迎來十六歲的人生。

然而我心裡很清楚，改變終有一天會降臨。而這個促使改變發生的因子，就是小夏。

看著她努力不懈的模樣，我知道她遲早有一天會寫出令自己滿意的小說，向鳴表明心意，顛覆這一切的平衡。那是必定發生的事實。

只是……即便不是永遠，我仍希望至少不要那麼早面對。只要持續讓小夏認為無法超越我，她就不會做出扭轉三人關係的行為。

我一直是這麼想的，如此消極且積極。

不曉得是不是因為看見我的自私……肯定是吧。突如其來的一場意外，輕鬆地讓一切發生劇變。

我因為一場車禍喪命。

令人感到惋惜的不是我自己的死去，而是當場目睹那場車禍、我最重視的兩個人，自此像是受到詛咒般失去靈魂。

鳴，不再畫圖了。

他將所有的作品通通藏了起來，扔進房間的角落。以前掛滿牆壁和四散在房內的圖紙，如今只剩下空蕩蕩的慘白。

曾經用來作畫的筆電，我送給他的那塊黑色電繪板，也不再亮起電源燈。

所有的色彩被掩蓋，丟進晦暗的陰影裡，彷彿要否定過去的自己，連同未來一起埋葬。

小夏，視鳴為目標而開始創作的她，頓時失去了前進的動力。雖然她不像鳴那樣極端地拋棄一切，但也陷入了泥淖中無法動彈。

她想幫助他，希望能讓他重拾繪筆，卻不知道該怎麼做。

準確來說，她認為無法憑一己之力辦到。

所以自認沒有填補他人內心空洞的力量的她，才會選擇用迂迴的方式來陪伴鳴，卻自始至終束手無策。

不過，人的努力是不會白費的。

小夏的那篇小說，經過日積月累、一點一滴磨練過來，寫出的那篇關於公主與王子的故事，正是能夠拯救鳴與他們兩個人的救命稻草。

裡頭蘊含的，是不輸給我的心意。

明明只要小夏發現這一點，對自己再多一點信心，或許一切都會不一樣。

但她卻擅自放棄了。

可悲的是，即便我深深明白這點，死後的我什麼也做不到。

我就站在那，他們聽不見我的嘶喊；我就跪在眼前，他們看不見我張開的雙臂。

在自己深愛的人傷心欲絕的時候，沒有辦法陪在他們身邊，只能在遠處無力觀望，這令我感到撕心裂肺。

淚水不斷滾落，喉嚨聲嘶力竭，卻沒有任何聲音成功抵達他們身邊。只能一邊感受胸口被掏空的絕望，眼睜睜看著他們將自己封閉起來，過著行屍走肉的生活。只能任憑他們漸行漸遠，不再像以前一樣親密，最後成為陌生人。

於是我體認到，這大概就是上天對我的懲罰。要我眼睜睜看著自己深愛的人們，因為自己的自私而走向不幸的人生。

我沒有任何解救方法。過往的回憶形同束縛，緊緊勒住我的脖子，感受到的卻是遠超乎窒息的痛苦。

我崩潰了。

我跪倒在地無聲地哭喊，連朝天憤罵的力氣都沒有，只能在心中不斷祈禱著——拜託有誰來救救他們。

誰來讓他們脫離這殘忍的現實，誰來讓他們不要再繼續受苦，誰來讓他們再次對視彼此。

誰來讓他們幸福。

我願意付出任何代價，即使他們的生命中不再有過我的蹤影，那也無妨。

咬破的嘴脣染滿鐵鏽味，與淚水的苦鹹混雜在一起，被指甲抓到滲血的掌心痛得沒有知覺。

我跪在那座公園，祈禱哀求了不知多少個晝夜輪替，始終無人回應。就在我再也支撐不住，即將失力倒下的最後一刻——

「這就是妳的心願嗎？」

某道陌生的聲音，竄入被絕望浸滿的腦海。

「讓他們忘了妳，就是妳的心願嗎？」

幾乎失去思考與反應能力的我，只能順著那道聲音，道出我的心聲。

「沒錯……只要忘了我……他們就不會再痛苦……」

「即便妳的存在將永遠消失，也無所謂嗎？」

「……永遠？無所謂……只要他們能夠幸福……」

猶如彌留在夢境的夾縫，我將破碎而最為真實的心聲傳達出去。

「誓不後悔？」

「後悔……？我現在唯一的後悔……就是出現在他們的生命裡……只要他們能幸福，我全部都無所謂……」

冥冥之中，傳來一陣輕笑。

「既然如此，就成全妳吧，名為紫泱的少女。」

霎時間，一陣白光於眼前泛起。

「如妳所願，我將剝奪眾人對妳的記憶——」

視線被染成強勁的白，即便閉上眼也無法遮擋。全身被一股奇怪的失重感包覆，整個人飄了起來。

「相對地，妳有一個月的時間去挽救一切。等期限一至，有關於妳的所有記憶，將連同名為『紫泱』的存在被徹底剝奪。眾人會遺忘妳，妳也將永遠徘徊於生死的夾縫間，永世不得超生——」

朦朧的話語清晰地傳入耳裡，在亂流的腦海裡奔騰。

這樣啊……也就是說，我還有機會能夠見他們一面嗎？如果是這樣的話……

「而若妳能向我見證即便缺少記憶的羈絆，人也有再次重獲幸福的資格——尋回妳自身的心跳，我則願賜予妳死而復生的機會。」

咦……

重獲幸福……死而……復生？

「契約一旦生效便無法逆轉——名為紫泱的少女，妳接受嗎？」

面對嚴苛且意料之外的代價與條件，我的內心異常平靜。

想必是我很清楚。

即便前方等待著我的是刀山或地獄，只要有足以挽救的一瞬機會——

「我接受。」

——我早已做好不惜一切的準備。

說出這句話後，我便於白光中徹底失去意識。

當我醒來時，發現自己躺在生前就讀的高中——新崇高中的草皮上。當時是月亮高升的午夜。

名為何又雲的少年——自稱神的男人，現身在我的面前。

這男人，就是剛才與我的意識對話的聲音主人。透過短暫交談，我再次確認了自己的處境。

我甦醒的日子是十一月二十五日，星期四的零點零分。

我的存在已於眾人記憶中遭到剝奪，關於我的歷史也被最低限度地改寫。

我有一個月的期限去尋回心跳。

另外，因為神靈的力量，我的身體會隨著日出日落產生相應變化。

而「祂」——何又雲，將化身為普通人類的樣貌，與我一同轉入小夏與鳴所在的班級，二年六班。

起初我很懷疑這一切是否只是場自己幻想的夢。但重新回到了熟悉的場所，沒有人認得自己，胸口微弱的心跳聲。透過種種發生在自己身上離奇的事實，使我不得不相信眼前的這個男人確實擁有異於尋常的力量。

儘管他這麼做的目的，包含找上我的原因，這些與「契約」無關的一概問題，他只是笑而不答。

他僅僅強調一件事——死而復生，或無法超生。就是僅屬於我的兩種結局。無法被逆轉，也沒有機會重來。

理解現狀後，我開始思索自己該怎麼做。該怎麼在這一個月的期限內，在十二月二十四日午夜零時來臨之前，完成我的目標。

雖說是「契約」，我不喜歡被玩弄在股掌的感覺。更何況我最初的本意就不在於此。

於是，我開始著手這一切的計畫。

在頂樓與鳴相遇，向他吐露部分真相，請求他協助我「重拾心跳」。與他們再度成為朋友。

佯裝自己喜歡小夏，讓鳴暗中幫助我，再間接製造各種契機讓他們獨處。

正因為熟知他們的性格還有行為模式，幾乎一切都按我所想的順利進行。

我輾轉利用了鳴的溫柔，小夏一視同仁的體貼，為了能夠短暫重溫三人從前的舊夢，並讓他們重修舊好。

只是，中間仍發生了一些意料之外的插曲。

我對鳴耍了一點小心機，沒料到我們真的會住在同一個屋簷下。能替自己心愛的人做早餐，我私自且悄悄地品嘗這份幸福。

那是我第一次聽到小夏用那種音量說話，老實說嚇了我一大跳。以前的她肯定不會這麼做，但這也代表了她有多麼重視鳴，而且到了無法再壓抑的程度吧。

與鳴一起購物，和小夏一起打排球，三人一起上課、吃午餐。這些令人懷念的平凡日常，都讓我感到格外珍惜。

最後，以甜點教學為由來到小夏家中，揭穿她的心意，促使她下定決心，以自己的小說向鳴告白。

回歸最初的做法，正面迎擊自己的心情，用最真實的心意去喚回那最重要的男孩。

我的願望終於在今天實現了。

我回到這裡，所做的一切、這全部的全部，都是為了讓那兩人再度向前。

鳴是塊大木頭，不曉得自己有多幸福。可以的話，希望他能夠正視自己對小夏的心意，家人和妹妹這種鬼話真虧他說得出口。

小夏是個值得被珍惜的女孩，只是一直以來都努力過頭了。可以的話，希望他能陪在她身邊，告訴她妳已經足夠努力了。

只要他們在一起，一定會比任何人都幸福。

能這樣斷言，不只是因為他們是我無可替代的兒時玩伴，更是因為我一直以來都看著他們。

看到今天這一幕，我更加確信了。

果然，能夠拯救他的人，只能是妳，小夏。

我最要好的朋友。

果然，能夠帶給她幸福的人，只能是你，嗚。

我最深愛的男人。

只要你們願意，必定能在我不存在的世界裡，牽手走向未來。

我遙望開始飄雨的天空，和兩人共撐一把傘離去的背影。

接下來，只要等待那一天到來就行了。

下週五，十二月二十四日，只要當天的午夜一過，這個世界將徹底遺忘名為紫泱的存在。

這樣就夠了。

這樣就沒問題了。

只是在此之前，還有一件事必須解決。

我將沉浸在美好氛圍中的自己拉了出來，瞥向身旁的那名男人。

雖然不會胡作非為，到目前為止也都恪守著自己的原則與言行，稱職地化身「何又雲」，但在這段時間裡，我理解了一件事。

這個人跟我很像。

我們都會隱藏自己的心機，去對現狀進行某些干涉，以讓結果能順利符合心中的預想。從他選擇化身為人類，在我身邊近距離觀察這一點就可以推測，他不打算只是袖手旁觀。

這也意味著，在剩下這不到一週的時間內，假如我消失或躲藏起來，他很可能會採取某些行動，去破壞現狀。我的直覺這樣告訴我。

最壞的情況，是讓他們恢復記憶。

我不允許這種事發生。

既然如此，就讓這齣戲延續下去吧。他提出我必須獲得幸福的條件，那麼我就以自己的方式讓他見證我的幸福。

這麼一來，「祂」也沒有立場辯駁。

我將迎來我期盼的結局。

我緩緩轉過身，對著身旁那名男人說道：

「何同學，我有件事想拜託你——」

「請你和我『交往』吧？」

後記

大家好，我是熟魚片。

我是為了寫這篇後記才完成本書的。首先是謝辭。

敬愛的八千子老師，當初說好的，要把你寫進我的後記裡。感謝您在我徬徨的時候分享寶貴的經驗並指引方向，成為我那段日子的一大支柱。走上出版這條路，也意謂著當年您贈送的熊女兒第二集可能就快派上用場了，相當感謝您的用心良苦，也祝您未來發展順利。

感謝辛勞並把我撿回家的編輯，在本作初期的調整給了許多建議與方向，讓我稿子修到懷疑人生。也謝謝您邀請到迷子燒老師為這部作品繪製插圖，以及後續的所有工作，讓這部作品得以問世，萬分感謝。未來也請多多指教。

感謝迷子燒老師。記得第一次看到老師的名字也是在尖端，某部作品的特典圖上，正式出道作能與老師合作真的非常榮幸，也謝謝老師賦予紫泱、柳夏萱與左離嶋新的生命，封面與彩圖都很迷人。

感謝一路陪我走來並不時給予指教的文友與讀者，千緒、魚子、少駿、萌狼、

Darren，還有一直以來在巴哈姆特與我互動的巴友們。

感謝頒獎典禮來助陣的好友，以及支持著我的家人還有伴侶。謝謝與本書相關的所有人員。

接下來是關於本作。

誠如標題，這是一部講述非日常的日常，以幽靈少女重拾心跳為主軸的校園戀愛喜劇。

這次的劇情分為表主線與裡主線，表主線的部分如標題，描寫的是紫泱如何取回心跳，裡主線則是慢慢揭露主角們的過去，並於第一卷結尾呼應。

老實說這是個讓我費盡心思的寫法，不過在我一開始想到結局時，就決定要這麼寫了，因此硬著頭皮寫完了。不曉得各位讀完的心得是什麼，假如對後續發展有一絲好奇，還請務必繼續支持本作。順帶一提，前面提到了「喜劇」兩個字，因此如果擔心結局會是悲劇的讀者，只能說我是不會給各位寄刀片的機會的。

另外是作品的彩蛋。本作中主角三人所待的高中——新崇高中，以及角色穿著的制服樣式，實際上皆取材自現實世界，也就是我的母校。假如你是那所學校的學生，想必會對於某些場景感到熟悉。如果好奇，歡迎各位到網路上尋找答案。

最後是真正的後記。

在獲得大獎的那一年，我曾在訪談中提到，我覺得自己是一個直到遠離認為應該開始追夢的年紀後十年才開始踏上這條路的人。

有一句廢話是這麼說的：「做夢很簡單，做起來很難。」

在現今許多曾經拜讀過其作品的作者，紛紛宣稱自己不寫小說或是對輕小說圈感到心灰意冷的時代，要說自己不被影響是騙人的。那些你曾經覺得厲害的作家，在經過短短幾年後，有的不寫了，有的轉戰其他領域，有的一聲不響消失匿跡。面對這種情況，除了心中一股小小傲氣外，多的是不安與惶恐。

然而自己的故事，始終只有自己寫得出來。那是永遠只屬於自己的機會。

我們都曾經從別人的故事裡獲得勇氣與憧憬。

希望這份機會能讓我們都有一天，去點燃下一個人心中的熱情。

浮文字

幽靈少女想要重拾心跳1

著　　者／熟魚片　　繪　　者／迷子燒
執　行　長／陳君平　　美術總監／沙雲佩　　國際版權／黃令歡、高子甯、賴瑜妗
榮譽發行人／黃鎮隆　　美術編輯／陳又荻　　內文排版／謝青秀
協　　理／洪琇菁　　執行編輯／石書豪

出　　版／城邦文化事業股份有限公司 尖端出版
台北市中山區民生東路二段一四一號十樓
電話：（〇二）二五〇〇—七六〇〇
傳真：（〇二）二五〇〇—二六八三
E-mail: 7novels@mail2.spp.com.tw

發　　行／英屬蓋曼群島商家庭傳媒股份有限公司城邦分公司　尖端出版
台北市中山區民生東路二段一四一號十樓
電話：（〇二）二五〇〇—七六〇〇（代表號）
傳真：（〇二）二五〇〇—一九七九

中彰投以北經銷／楨彥有限公司（含宜花東）
電話：（〇二）八九一九—三三六九
傳真：（〇二）八九一四—五五二四

雲嘉以南／智豐圖書有限公司
（嘉義公司）電話：（〇五）二三三—三八五二
傳真：（〇五）二三三—三八六三
（高雄公司）電話：（〇七）三七三—〇〇七九
傳真：（〇七）三七三—〇〇八七

香港經銷／一代匯集
香港九龍旺角塘尾道六十四號龍駒企業大廈十樓 B&D室
電話：（八五二）二七八三—八一〇二
傳真：（八五二）二七八二—一五二九

新馬經銷／城邦（馬新）出版集團 Cite（M）Sdn. Bhd.
E-mail: cite@cite.com.my

法律顧問／王子文律師　元禾法律事務所
台北市羅斯福路三段三十七號十五樓

二〇二四年二月一版一刷

版權所有・翻印必究
■本書若有破損、缺頁請寄回當地出版社更換■

幽靈少女想要重拾心跳 1 © 熟魚片／迷子燒／尖端出版

■中文版■

郵購注意事項：
1.填妥劃撥單資料：帳號：50003021戶名：英屬蓋曼群島商家庭傳媒(股)公司城邦分公司。2.通信欄內註明訂購書名與冊數。3.劃撥金額低於500元，請加附掛號郵資50元。如劃撥日起 10～14日，仍未收到書時，請洽劃撥組。劃撥專線TEL：(03)312-4212 ・ FAX：(03)322-4621。E-mail：marketing@spp.com.tw

國家圖書館出版品預行編目資料

幽靈少女想要重拾心跳 / 熟魚片作 . -- 一版 . -- 臺北市：城邦文化事業股份有限公司尖端出版：英屬蓋曼群島商家庭傳媒股份有限公司城邦分公司尖端出版發行，2024.2

面；　公分

ISBN 978-626-377-506-0（第 1 冊：平裝）

863.57　　112019454